67년생,
바람의 기억

어느 의사의 레트로 감성 힐링 에세이

67년생
바람의 기억

김재복 지음

인생의 급브레이크를 밟다

어느 순간 내가 50대 중반이 되었고 보건소에서 코로나바이러스19 대응으로 1년 5개월 정신없이 일하다 보니, 나 자신이 인생의 어디쯤 와 있는지 모르게 되었다. 병원장으로서 보건소장으로서 내 인생의 하이라이트 시간을 지내고 나니 자연인으로서, 의사로서, 또한 한 가정의 가장으로서 인생의 급브레이크를 한번 밟아주고 리부팅하지 않으면 몸과 마음이 더는 버티기 어려울 정도가 되었다. 나 자신에 대한 격려와 지나온 삶에 대한 한 번쯤의 정리, 그리고 새로운 삶에 대한 모색이 필요하게 되었다.

공자가 말하길 50살은 지천명(知天命)이요, 60살은 이순(耳順)이라 하였는데 어느 순간 나 자신은 지천명을 지나 이순의 나이로 빛의 속도로 세월과 함께 달려가고 있다. 2, 30대 젊은 날에는 50대 중반의 어른들을 바라보면서, 내가 그 나이가 되면 인생에 대하여 어느 정도 달관하고 인생을 관조할 수 있으리라 생각했지만 지금 나는 많이 흔들리고 있다. 사실 사람의 인생 중에서 흔들리지 않는 시절이 어디 있을 수 있겠느냐 하는 생각이 요즘은 든다.

지나간 어린 시절과 학창시절, 앙가지망의 문제에 열정이 있던 젊은 날들, 결혼생활, 의사로서의 공익적 활동 등 지나간 삶을 한번 차분히 정리해보고자 하였다. 과거는 이미 지나갔고 미래는 알 수 없으니 현재에 살 수 밖에 없는 것이 인간의 운명이다. 이제부터는 정말 카르페 디엠(Carpe diem)이다.

나의 지나간 시간을 반추해보니 정말 시간이 빠르다고 느끼게 된다. 특히 나이가 들어갈수록 시간이 빨리 감을 느낀다. 젊은 날에는 그렇게 시간이 느리게 가더니 40대, 특히 50대가 넘어가니 시간의 가속도가 붙기 시작했다. 변화가 없기 때문일 수도, 재미가 없기 때문일 수도 있다. 아니면 내가 인생에 대하여 덜 진지하게 살고 있다는 증거일 수도 있다. 어린 시절부터 단편적이지만 계속 생각해 오거나 인상 깊게 겪은 경험의 단면을 글로 표현하고 싶었다. 삶의 의미, 예술, 철학, 가족, 친구, 우주, 생명, 의학. 나의 작은 경험이자 나의 생각이고 그리고 특별하지는 않다. 누구나 다 자기 인생에 대하여 고민하고 가치관을 세우고, 자신이 진 십자가를 지고 살아가는 것이니까.

이 책은 우선 나의 과거에 대한 기록이자 생각에 대한 정리이다. 물론 아주 오래된 기록은 정확하지 않을 수도 있고, 몇 년이 흘러가면 현재 이 책에 쓴 내 생각이 바뀔 수도 있겠지만.

다음으로는 인생의 봄을 맞이하고 있는 청춘 세대에게 본인이 원하는 삶을 빨리 찾아 치열하게 살라는 의미로, 그리고 늘 현재에 행복하라는 의미로 글을 쓴다. 내가 '왜'라는 인생의 궁극적 문제에 연연하다 시간을 너무 허비하지 않았나 하는 생각을 요즘 많이 한다. 인생은 비가역적인 실전이다. '왜', '무엇을', '어떻게' 라는 의문점과 숙제를 동시에 해결하면서 살아갈 수밖에 없다. 그러다 보면 부족한 답이 퍼즐로 맞추어 일부 채워져 나가기도 한다. 답이 없으면 어떠하랴. 우리는 인생이 부여했다고 생각하는 과도한 의무감을 버리고 행복하게 살아야 한다. 다만 도구적 가치가 아닌 목적적 가치로 희망의 등불을 가지고 가야 한다.

마지막으로는 나처럼 나이 들어가며 행복에의 희망을 품으며 열심히 살아가는 기성세대 동료들에게 '당신 여기까지 잘 왔다'라고 칭찬하고 격려하고, 그리고 남아있는 삶을 좀 더 현명하고 재미있게 살자는 권유로 이 글을 쓰고자 한다. 소위 말하는 우리 586세대는 산업화의 시기에서 민주화의 시기로 넘어가는 시대에 살면서 많은 고민과 실천이 필요했던 세대였고, 부모와 자녀로부터 낀 세대로 살아가고 있다.

책 속에 나오는 아주 어릴 적의 기억은 일부 가물가물하여 내 머릿속에 스쳐 지나가는 순간순간 기억 장면들을 모아 조립한 부분이 있으며, 최근 사건과 생각은 모두 사실에 기반을 둔 경험과 생각을 중심으로 정리하였다. 지금도 중요한 사건이 아니면 나의 머릿속에 저장된 기억들이 오래된 순서대로 과거의 기억에서 사라지고 있는 것 같다.

책을 쓰는데 아낌없는 조언과 도움을 주신 흔들의자 안호헌 대표님, 그리고 교정을 도와준 아내 고선영 님께 특별한 감사의 말씀을 드린다.

무한대의 시간과 광활한 우주에서 나와 같은 시간과 공간을 공유하며 인연을 맺고 살아온 양가 부모님들, 형제자매, 친척분들, 친구들, 나와 일을 같이 했던 직장 동료들, 지인들. 특히 나의 분신인 사랑하는 아내 고선영과, 아들 김건호, 딸 김도연에게 특별한 감사와 사랑, 격려를 보낸다.

김재복

차례

I

어린 시절의 잔상

맛있는 풀빵

점심을 먹고 동네 골목길에 나와 동네 아이들이랑 딱지치기 놀이를 했는데 모두 잃고 말았다. 어제도 구슬치기를 하다가 다 잃었는데. 오늘은 개평도 주지 않네… 시간 가는 줄 모르고 놀다가 사방이 어두컴컴해지는 저녁이 되고 있었다. 풀이 죽어 집에 돌아간다. 구슬치기도 안 되고 딱지치기도 안 되고. 형은 딱지치기만 했다 하면 한 포대 자루만큼 따서 돈으로 바꾸어 만화집에서 만화책 빌려보았다고 그러던데. 나는 왜 안 될까? 집에 만화책이 남아 있으면 형 심부름 하나 해주고 빌려 봐야겠다. 겨울철 방 아랫목에서 군고구마를 먹으며 '구영탄'이나 '꺼벙이' 만화 보는 것은 최고의 재미이다. 근데 시간 가는 줄 모르고 저녁까지 놀아서 엄마한테 혼날 것이 은근히 걱정이다. 길거리엔 저녁밥 익는 냄새며 김치찌개며 냄새가 진동한다. 동네 엄마들이 아이들 밥 먹으라고 이름을 부르신다. 길에는 두 마리 큰 개가 서로

엉덩이를 대고 붙어 있는데 어른들이 그 사이로 뜨거운 물을 붓고 있었다. 이유를 알 수 없었다.

　눈이 오기 시작한다. 며칠부터 내린 눈이 녹았다가 다시 얼어 길은 완전 빙판길이다. 엄마가 뜨개질로 만들어주신 고동색 스웨터를 입고, 벙어리장갑을 낀 채로 손을 호호 불며 집으로 걸어간다. 스웨터는 주머니가 앞에 있어 손을 넣기가 좀 불편했고 벙어리장갑은 남들 보기에 좀 창피했다. 벙어리장갑을 끼면 남들이 어리다고 무시하는 것 같았다. 주전자에 물을 담아 연탄불로 끓여야 따뜻한 물로 세수할 수 있어 찬물로 대충 손만 닦고 얼굴은 잘 닦지도 않았었다. 추위에 튼 손이 검붉게 부풀어 있고 손등에는 피도 좀 비친다.

　집에 오니 형, 누나들은 문래동 시장 풀빵 장수 아주머니께 팔 풀빵 봉투를 신문지로 만들고 있다. 이불이 깔린 아랫목으로 들어가 얼은 손을 뜨거운 방바닥에서 녹였다. 혼나는 줄 알았는데 반갑게 맞아주셨다. 풀빵 봉투는 신문지 두 장의 옆 부분을 접어 밀가루로 쑨 풀로 봉합하고 밑 부분도 풀로 봉합하는 과정을 거친다. 제대로 마무리 안 하면 봉지가 터져서 풀빵 아주머니가 다시는 주문하지 않는다고 한다. 나도 해보려 했지만 방해된다고 하지 말란다. 조금 있으니까 엄마가 김이 모락모락 나는 가래떡을 담은 광주리를 머리에 이고 집으로 들이닥치셨다. 설에 쓸 떡을 위해 아침에 양동이에 쌀을 담아 이고 방앗간에 다녀오셨는데 떡이 다되어 찾아오신 것이다. 내 눈에는 엄마보다 엄마의 손에 움켜진 풀빵이 더 눈에 띄었다. 엄마가 머리에 이고 온

광주리를 휘청거리며 바닥으로 내리자마자 나에게 손에 쥔 풀빵을 주셨다. 풀빵을 건네주시는 엄마의 빨개진 차가운 손은 떨리고 있었고 머리카락은 광주리에 눌려 풀어 헤쳐지고 옆으로 눌려 있었다. 풀빵은 아직 따뜻했고 팥이 많이 들어 꿀맛이었다. 형과 누나들은 가래떡을 설탕에 찍어 먹기 시작했다. 엄마는 부엌으로 가 연탄불을 갈고 저녁밥을 지으려고 찬물로 쌀을 씻으셨다. 내가 좋아하는 김치수제비도 해주신다고 하셨다. 오늘 저녁은 맛있는 저녁이 될 것이다.

아주 어릴 적 추억들은 이제 거의 기억이 나지 않는다. 5남매를 키우시느라 늘 고생하셨던 부모님, 막내라고 나를 많이 배려해주고 너그럽게 대해주셨던 형과 누나들과의 추억은 한 장면 한 장면 잔상으로 머릿속에 남아있다.

풀빵은 어릴 때 추억의 간식이라는 기억이 있어서인지 요즘도 재래시장에 가면 꼭 사 먹고 싶어 한다. 어릴 때는 요즘 우리가 흔히 먹는 음식이 귀했다. 나는 소시지, 어묵(속칭 덴뿌라), 빵을 많이 먹고 싶어 했는데 자주 먹어보지는 못 했던 것 같다. 추석이나 설 때 몇천 원짜리 과자 종합 선물 세트를 누군가 친척이 사오면 그날은 일 년 중 가장 행복한 날이었다.

중고등학교 시절 엄마가 싸주신 도시락 먹는 점심시간은 일과 중에 가장 기다려지는 시간이었다. 도시락 단골메뉴는 김칫국물 흐르는 김치, 단무지 무침, 멸치였고 가끔 계란 프라이가 있었는데 엄마는 도시락 밥 밑에 깔아주어 보이지 않게 하여 다른 아이들이 뺏어 먹지 못하게 배려해주셨다. 당시에는 매일 김치 종류만 싸주시는 엄마가 야속했지만 대부분의 아이들이 그러했다. 지금 생각하면 5남매의 도시락을 매일 싸주시는 것이 얼마나 힘들었을까? 심지어 하루에 2개씩 싸가는 날도 있었다. 어머니는 새벽 4시면 일어나서 밥을 짓고 우리 학교 갈 채비며 도시락 준비를 하셨다. 물론 중간에 일어나시어 연탄불도 가시고.

알함브라 궁전의 추억

오늘은 광복절이다. 휴일이라 아침 일찍부터 TV 방송을 시작하는데 방송의 시작은 늘 잔잔한 기타 연주 음악(중학생이 되어 알고 보니 '알함브라 궁전의 추억' 기타 연주였다) 배경인 오늘의 방송순서 안내다. 신문을 보니 오후 5시에는 '아톰' 만화가 예정되어 있다. 아침부터 괜히 기분이 설레고 좋았다.

TV를 혼자 보고 있는데 10시 광복절 기념식이 있었고 박정희 대통령이 나와서 연설을 하셨다. 그런데 대통령이 나와 무엇인가 말씀하시다 갑자기 TV가 '지이이' 하고 흑백화면이 사라져서 보이지 않고, 몇 분간 방송이 나오지 않았다. 이유를 알 수 없었다. 그날 어머니, 아버지의 얼굴이 온종일 침울하셨다. 그 이유는 며칠 후에서야 알았다. 며칠 후 방학 임시 소집일이라 학교에 갔더니 아침부터 친구들이 모두 책상을 끌어 잡고 울고 있었다. 대통령 부인이 북괴의 지령을 받은 간첩 총에 맞아 돌아가셨다고 한다. 범인은 북괴가 파견한 간첩 문세광이라고. 우리가 사는 근처 동네인 서울 OO동까지 도망치다가 행인이 발을 걸어 넘어뜨려 잡았다고 했다. 나도 약간의 눈물을 흘렸다.

개학 후 북괴의 만행을 규탄하며 김일성 화형식이 운동장에서 있었다. 얼마 후에는 선생님들이 북괴 규탄 현수막을 양쪽에서 드시고 차도를 걷는 반공궐기 행사가 있었고 전교생들은 시내 사거리 중앙로를 뒤따라가며 한 바퀴를 도는 행사를 했다. 그리고는 전교생 '국민 교육 헌장' 외우기 대회, 반공 글짓기 대회, 반공 웅변대회가 있었고 새마을 운동 기념 사생대회가 있었다.

'반공 민주 정신에 투철한 애국애족이 우리의 삶의 길이며, 자유세계의 이상을 실현하는 기반이다.'

요즘도 '알함브라 궁전의 추억' 기타 연주를 들으면 어릴 적 생각이 많이 난다. 방송 순서 안내에 나오던 음악이 '알함브라 궁전의 추억'이라는 것은 중학교 때 친구 OO로부터 들은 얘기였다. 그 친구는 중학교 때 나에게 클래식 기타를 조금 가르쳐 주었다. 잘 치는 편은 아니었지만 로망스라는 곡을 가르쳐 주었다. OO의 결혼식 날, 나의 차로 김포공항까지 신혼여행 배웅을 해주던 기억이 난다. 중고등학교 동창 중에는 나만이 유일한 결혼식 축하객이었다. 지금은 연락이 되질 않는다. 요즘도 가끔 '알함브라 궁전의 추억' 기타 연주를 들으면 꼭 그 친구가 기억 난다. 그리고 기타 연주 음악 때문인지 알함브라 궁전은 내가 살아생전에 꼭 한번 가보고 싶은 여행지 중 하나이다. 알함브라 궁전은 이슬람교 지배를 받다가 나중에 기독교 지배를 받게 되는 스페인 남부 그라나다 지역에 있다. 북아프리카의 이슬람 세력이 지중해를 건너와 남부 스페인을 점령하고 있을 당시 지었던 건축물이다. 스페인 하면 가톨릭 국가로만 생각하지만 과거 이슬람 종교 세력이 점령했던 역사적 기간이 상당히 있었다. 동로마 제국의 수도였던 터키 콘스탄티노플은 과거 기독교 세력의 중심지였지만 현재는 이스탄불로 이름이 바뀌어 이슬람교를 대표하는 도시로 바뀌게 된 것처럼 역사는 돌고 돈다.

초등학교 시절부터 반공교육을 많이 받았고, 고등학교 정규 교과에는 교련과목이 있었고 총검술 시험과목이 있었다. 수학여행 때는 통제가 쉽다는 이유로 교련복을 단체로 입고 설악산과 경주 수학여행을 갔다. 경주 수학여행 때는 한 방에 20명 정도 잤던 것으로 기억나고, 식사 반찬은 형편없었지만 그래도 우리는 행복했었다. 수학 여행비는 상당히 내었던 것 같은데.

지금 생각하면 남북이 분단된 가난한 국가의 어쩔 수 없는 상황이었다고는 생각하지만 지금의 인권 개념으로는 말도 안 되는 시절이었다.

나는 60년 후반생으로 80년대 대학을 다닌 586세대이다. 비록 박정희 대통령이 쿠데타로 집권을 했고 정치발전을 저해했지만, 우리나라의 절대 빈곤을 해결해 준 대통령이었다는 점에서 당시의 강력한 국가 통제식 경제 리더십에 대하여서 어느 정도 긍정적인 생각을 하고 있다. 물론 장기 집권으로 우리나라 민주주의의 발전을 많이 후퇴시켰지만. 대통령 개인이나 영부인의 불행한 최후는 한 가정과 국가의 비극이 아닐 수 없다. 장녀인 박근혜 전 대통령이 4년 이상 아직 구치소에 계신 상황도 안타깝게 생각한다. 다만 국정 최고 책임자로서 세월호 참사 시 수습과정, 사건 후 유가족에 대하여 진솔한 모습을 보였는지는 두 자녀를 키우는 아빠로서 안타깝게 생각한다. 세월호 참사는 우리 어른들의 잘못이고, 안전 문제에 대하여 둔감하고 인간의 얼굴로 교정 되지 않은 자본주의 시스템의 누적된 문제가 폭발한 것이었다.

아직도 나에게는 1974년 흑백텔레비전으로 중계되던 그 날 8·15 광복절 기념식의 잔상이 남아 있다.

보온 도시락

엄마는 집이 어려워져 서울에서 경기도 광명리로 이사를 한다고 하며 다른 초등학교로 전학을 가야만 한다고 했다. 오늘은 전학 가는 날이다. 하루라도 학교에 빠지면 개근상장을 타지 못한다고 다그치는 엄마 손에 이끌려 일찍 집에서 출발했다. 비가 많이 와서 길이 질퍽이고 비도 좀 맞았다. 장화를 신고 와서 다행이었다. 드디어 전학 간 학교에 나 홀로 남겨지고 어머니는 교실을 떠났다. 선생님께서는 나를 아이들한테 소개한 후 자리에 가서 앉도록 했다. 엄마는 오래 입어 색이 바랜 소가죽 색 오버를 입고 있었는데 나무로 된 교실 창문 밖에서 나에게 손짓을 하다가 수업 시작 후 학교를 떠나셨다.

첫날부터 한글 받아쓰기를 했다. 생각보다 쉬워 10문제에 대한 답이 다 맞았다. 집에서 누나들 덕분에 한글은 이미 다 알고 들어왔는데. 선생님과 친구들이 놀라는 눈치였다.

오후 종례시간에는 옆에 아이들과 떠들다가 선생님께 들켰다. 선생님은 임신하셨는지 배가 많이 불러 계셨고 좀 힘이 들어 보였다.

선생님이 아이들이 떠든다고 반장, 부반장 나와서 노래를 부르라고 했고, 반장이 칠판에 적은 떠든 사람 명단에 내 이름이 적혀 있었다. 전학 온 내가 눈에 띄고 만만했나 보다. 선생님은 나보고 벌로 앞에 나와서 노래를 부르라고 하셨다. 어떤 노래를 부르지…? 반장 아이가 좀 미웠다. 반장인 남자아이는 옷도 비싸 보이는 화려한 것을 입었고, 점심시간 때 보니 보온 도시락을 싸온 것 같아서 많이 부러웠다. 나는 김칫국물이 흐르는 냄새나는 노란 철제 도시락이었는데. 반장은 보이 스카우트인지 종례 때는 파란색의 보이 스카우트 단복으로 이미 갈아 입고 있었다.

"귀여운 꼬마가 닭장에 와서 암탉을 잡으려다 놓쳤다네. 닭장 속에 있는 귀여운…" 이라는 노래를 불렀다. 처음 들어보는 노래인데 새롭고 신기하고 멋있게 보였다. 이렇게 새로운 노래도 잘 부르는구나 하고 속으로 감탄도 하고 질투도 났다.

나는 마땅히 아는 노래가 없어 누나 학교 음악책에 나오는 '조국찬가'라는 노래를 부르기 시작했다. 누나 노래책을 집에서 뒹굴뒹굴하며 노래 불러본 적이 있기 때문이다.

동방의 아름다운 대한민국 나의 조국
반만년 역사 위에 찬란하다 우리 문화
오곡백과 풍성한 금수강산 옥토 낙원

완전통일 이루어 영원한 자유평화
자유대한 나의 조국 길이 빛내리라

선생님이 너무나 흐뭇해하시면서 잘 불렀다고 칭찬하셨다. 선생님이 바로 학교 합창단에 합류하라고 하셨다. 좋은 노래를 너무 잘 불렀다고 하셨다. 종례 시간에는 '국민교육 헌장'을 모두 외워오라고 아이들에게 숙제를 내주셨다.

종례 후 교실 청소시간이다. 교실 청소는 우리들의 몫이다. 아이들이 떠든다고 시끄럽지 않게 등대지기 노래를 부르며 걸상을 책상에 올리는 것이 청소의 시작이다. 청소만 끝나면 집에 갈 수 있으니 그래도 즐거운 시간이다. 청소는 보통 빗자루로 쓸고 대걸레로 닦아야 한다. 마침 덩치가 작은 아이가 큰 대걸레질을 하다가 대걸레 긴 손잡이가 교실 거울 유리에 부딪혀 거울 유리가 깨졌다. 대걸레는 우리에게 너무 크고 길었다. 친구는 선생님께 혼나면서 많이 울고 있었다. 옆에 있던 나는 청소 시간에 결코 대걸레를 잡지 않겠다고 속으로 생각했다.

어린 시절 우리 모두 넉넉하지는 않았지만 내 어린 눈에도 빈부 격차가 있어 보였다. 보이 스카우트나 걸 스카우트 단복, 보온 도시락으로 상징되는 부의 표시는 당시 부러움의 대상이었다. 나는 속으로 그 아이들에게 질투를 많이 했다. 가정환경 조사에서는 집에 텔레비전이 있는지, 냉장고가 있는지 등을 체크하는 부분이 있었고, 부모님의 최종 학력(초등 졸, 중졸, 고졸 등)을 체크하는 칸이 있었다. 당시 어린 마음에도 자존심이 있었는지 부모님 최종학력을 약간 상향해서 적어 냈던 기억이 난다. 그러한 것을 왜 적어내야 했는지 지금 생각하면 우습기 짝이 없다. 반에서 공부를 좀 하거나 집이 좀 부유한 경우에는 초등학교 6학년 경 모두 서울로 전학을 갔던 기억이 난다. 내가 서울로 전학 간 친구들을 중고등학교 시절 만났을 때는 왠지 열등의식이 느껴지기도 했다.

형, 누나가 많아 조금은 조숙했던 내가 종례시간 떠든 벌로써 부른 '조국찬가'는 당시 건전가요로 많이 불렸고, 정권 홍보 차원에서도 권장되었기에 선생님의 눈에는 내가 아주 좋은 학생으로 여겨졌나 보다. 우리 세대는 국가주의, 전체주의적 교육을 심하게 받고 자라온 세대이다.

학교 교실 청소는 이전이나 지금이나 아이들 교육 목적으로 할 수는 있겠지만, 한편으로는 부동산 거래 세금에도 포함될 만큼 우리 국민이 많은 교육세를 내는 현재 시점에서 어린 저학년까지 전적으로 청소를 맡기는 것은 좀 부당하다고 생각한다. 내가 두 자녀의 학부모라서 더 그런지는 모르겠지만 예전이나 지금이나 우리나라 교육 정책은 가장 문제가 많고 변화가 필요한 분야인 것처럼 느껴진다. 우리 자녀들의 교육은 좀 더 다양성과 창의성에 주안점을 두고 세계시민의 안목을 가진 성인을 양성하는 방향으로 바뀌어야 한다.

초등학교 시절 어느 여름

오전 수업만 하고 집으로 가는 토요일 하굣길은 늘 즐겁다. 집으로 가는 방향이 같은 친구들과 오늘도 가위, 바위, 보를 해서 지는 사람이 전봇대 2개 거리마다 가방을 운반해주는 게임을 하였다. 나는 운이 좋아서인지 오늘은 한 번도 안 걸렸다. 덩치가 제일 작은 ○○이가 여러 번 술래에 걸려 가방을 끙끙대며 운반했다.

○○이는 시골에서 올라와 올해 전학을 온 친구이다. 산수를 잘하고 그림을 잘 그렸으며 형처럼 친구들을 많이 가르쳐 주었고 마음이 착했다. 얼마 전 노온사리 사는 ○○이 집 근처에 갔는데 다 쓰러져가는 시골집에 부모님이 편찮으셔서 누워계신다고 해서 집에는 들어가 보지 못했다. 수영도 잘해 지난 주말에는 친구들 몇 명이랑 수문에 가서 수영하는데 개구리헤엄이지만 물에 잘 떠 적어도 50m는 가는 듯했다.

집으로 오는 길에 주머니에 있던 동전으로 길가 리어카에서 아저씨가 파는 핫도그를 사서 친구들과 나누어 먹었다. 핫도그는 설탕보다 토마토케첩이 더 많이 발라져 있어야 맛이 있다. 핫도그를 먹고 나니 친구들과 더 놀고 싶었다. 누구의 제안으로 XX네 가서 점심으로 라면을 끓여 먹기로 했다. 라면을 연탄불에 끓이니 많이 불었다. 김치는 좀 시었지만 김치와 먹는 라면은 꿀맛이었다. XX누나와 형은 친절하게 우리를 맞이해 주었고, 여동생은 약간 이국적인 얼굴을 가지고 있어 우리 친구들 모두에게 호감의 대상이 되었다. 라면을 먹고 나서 마당 수돗가 옆에 물이 가득 채워져 있는 대형 고무 대야에 얼굴을 집어넣고 누가 더 오래 숨을 참고 견디나 하는 게임을 했다. 나는 채 1분을 못 버티었는데 1분을 넘게 참는 친구들도 있었다.

XX네 집 근처에는 옥수수밭이 있었다. 우리 친구들은 옥수수 서리를 하자고 결의를 하고 모두 옥수수밭 속으로 들어갔다. 그런데 마침 옥수수밭으로 들어오는 할아버지가 있어 주인인 줄 알고 우리는 전속력으로 달려 도망쳐 빠져나왔다. 나는 겁이 많아 옥수수밭 입구까지만 갔고 제일 먼저 도망쳐 나왔다. 아무도 잡히지는 않았다.

초등학교 5, 6학년 시절이 인생에서 가장 행복하고 순수했던 시절이었다. 친구들과 글러브를 끼고 권투도 하고, 수문에서 수영도 하고, 누구 고추가 큰지 오줌 누면서 화장실에서 장난도 치던 시절이었다. 눈 오는 일요일 아침 축구공을 가지고 있던 국숫집 하던 친구 집 앞에서 친구 이름을 부르면 친구가 축구공을 가지고 나와 눈 내린 학교 운동장에서 같이 축구 했던 일, '오징어가이상'이란 게임을 하며 학교 운동장에서 같이 놀던 일, 이제는 모두 추억이 되었다.

중학교 친구들

중학교 들어가서 반장이 되었다. 반장은 대개 성적순인데 반에서 성적이 좋았던 내가 반장이 되었던 것이다. 내성적이었던 나였지만 초등학교 고학년 시절 반장을 한 번 경험한 후에는 권력욕이 생겼는지 선생님의 요구를 못 이기는 척 받아들이게 되었다. 반장은 선생님의 심부름도 하고 소풍과 운동회 때는 선생님들 도시락도 챙겨야 한다. 그래서 집안이 웬만큼 사는 아이들이 많이 맡았다. 사실 나는 그것이 가장 부담스러웠다.

수업시간 전이나, 쉬는 시간 아이들 떠들지 않게 하는 것은 반장의 큰 임무였다. 선생님만 안 계시면 떠드는 아이들이 꼭 떠들고, 특히 공부 못하는 아이들이 많이 떠들었다.

선생님이 안 계실 때 칠판에 떠든 아이들 적다 보면 꼭 만만해 보이거나 평소 내 마음에 안 드는 아이들 위주로 많이 적게 되고. 사실 꼭 떠드는 아이들이 또 떠든다. 막상 선생님이 교실로 들이닥치게 되면 마음이 약해져서 칠판지우개로 다 지우기는 하지. 결국 칠판에 떠든 사람 적는 것은 일종의 아이들 협박용인 셈이다.

그런데 어느 날 선생님이 오시기 직전 여느 때와 같이 떠든 사람들을 칠판에서 모두 지운다고 지웠는데 그중 한 명의 이름 일부분이 슬쩍 칠판에 남았다. 선생님이 그 아이를 지명하여 나오라고 하더니 자초지종 묻지도 않고 손을 내밀라고 하고 나무막대기로 다섯 대를 치셨다.

수업이 끝난 후 친구한테 미안하다고 하니 그 친구는 괜찮다고 하면서 나와 몇몇 친구들을 동네 시장으로 데려갔다. 시장에서 떡볶기집을 하시던 그 친구 어머니께서는 우리에게 떡볶이를 주시어 배부르게 먹을 수 있었다. 오뎅 국물과 함께 먹는 매운 떡볶이가 아주 맛있었다.

어릴 적 월사금을 내지 못해 선생님들께 혼나는 아이들을 본 적이 있었다. 나도 어려운 집안 형편이었지만 부모님은 밀리지 않고 등록금을 내주셨다. 하지만 참고서나 문제집 사는 돈을 아끼느라 중학교 때까지는 개봉동 입구에 있는 '뿌리서적'이라는 중고 서점에서 싸게 산 문제집으로 공부했던 기억이 있다. 월사금을 내지 못하는 것은 학생의 잘못이 아닌데도 당시 선생님 중에는 그 아이들을 체벌하는 경우도 있었다. 선생님들의 잘못이 아니라 당시 우리나라 민주주의나 인권

의식 수준이었고 선생님이나 부모님의 자식들에 대한 체벌 내지 강압적 지도에 대하여서도 관대하게 인정되었던 시대였다. 돌이켜 생각해 보면 나는 집이 어렵거나 마음이 여린 아이들에겐 좀 친절하게 대하고 착한 친구로 남으려고 노력을 했던 것 같다. 하지만 나의 속마음에는 내가 공부를 좀 잘한다는 교만한 마음이 늘 숨어있었고, 알게 모르게 권력욕이 싹트고 있었다. 지금 와서는 그래서 내가 많은 친구를 사귀지 못했나 하는 후회가 많이 된다.

중학교 시절 많은 친구들이 이제는 연락되지 않는다. 부반장이었고 몽키라는 별명을 가진 OO, 나중에 컴퓨터 조립을 해서 판매했던 OO, 축구 개인기가 좋았던 마른 체형의 OO이. 천안인가 어디로 이사하였다 하던데. 고등학교 졸업 후 그때까지도 내가 처음 들어본 OOO라는 종교의 교당에 반강제로 나를 데리고 갔던 OO. 마음이 항상 너그러웠고 같이 철학과 인생을 논했던 기억이 난다. 대학교 때까지 인연이 되어 강원도 여행을 같이 갔던 OO. 대학교 2학년 겨울, 친구가 운전하는 중고 세피아 차로 눈에 싸인 한계령 옛길을 같이 넘으면서 겁이 나서 오줌을 지리던 생각이 난다. 지금 자전거 영업점을 한다고 들었는데.

소년이로 학난성(少年易老學難成)

고등학교 국어 시간은 늘 재미있었다. 새로 오신 국어 여선생님이 재미있게 가르치셨고, 나는 국어 시간에 배우는 시나, 소설, 수필이 좋았다. 그래서 국어 성적은 늘 최상위였고 시험이 기다려질 정도였다. 국어 선생님은 예쁜 편은 아니셨지만, 아이들이 떠들거나 시험을 잘 보지 못해도 심하게 나무라지 않으셨다. 그래서인지 나는 국어 공부를 더 열심히 하게 되었고 국어 시험과 한문 시험은 늘 좋은 점수를 맞게 되었다.

국어 선생님은 한문도 같이 가르치셨는데 한번은 주자의 주문공문집 '권학문'에 나오는 첫 시구를 한자로 외어서 쓰는 쪽지 시험을 내셨다. 1주 전 미리 시험을 고지하고 한문 시간에 외워서 쓰는 시험이었다. 전교생한테 똑같은 시험을 내셨는데 나는 전교생 중 몇 명은 외워서 써낼 줄 알았는데 나중에 알고 보니 다 써낸 사람은 전교에서 나뿐이었다고 했다. 우쭐했다. 국어 선생님한테 잘 보이려고 했던 노력이 결국 나의 공부가 된 것이었다.

少年易老學難成(소년이노학난성)
一寸光陰不可輕(일촌광음불가경)
未覺池塘春草夢(미각지당춘초몽)
階前吾葉已秋聲(계전오엽이추성)

소년은 늙기 쉽고 학문은 이루기 어려워

한순간의 시간도 가볍게 여길 수 없어 열심히 공부해야하는데

연못가의 봄풀이 꿈을 깨기도 전에

계단 앞 오동잎은 벌써 가을의 소리를 알리는구나.

가정 형편이 어려웠고 공부할 양은 많았던 고등학교 시절, 위 시구는 나에게 큰 위로와 힘이 되어 주었다. 지금은 고등학교에 다니는 아들에게 이 문구를 가끔 이야기해주지만, 아들은 오히려 나의 잔소리로 듣는 듯하다. 그리고 요즘에는 한자 교육도 이전과 같이 제대로 하지 않아 요즘 아이들이 한자가 주는 시각적 효과와 운율적 쾌감을 즐기는 것은 어렵게 되었다.

한편 당시 국어 교과서에는 수필로서 두 개의 예찬집이 나왔다. '청춘예찬'과 '신록예찬'이다. 내가 좋아했던 수필이기도 하지만 당시

학력고사 시험에 자주 나오는 부분이었던 것으로 기억한다. 만연체로 쓰인 것인데 밑줄 그으면서 외울 정도로 많이 읽었던 것으로 기억한다. 요즘 읽어 보아도 늘 새롭고 상쾌하다. 나도 사실 만연체에 가까운 글쓰기 습관이 있다.

청춘예찬

청춘! 이는 듣기만 하여도 가슴이 설레는 말이다. 청춘! 너의 두 손을 가슴에 대고, 물방아 같은 심장의 고동을 들어 보라. 청춘의 피는 끓는다. 끓는 피에 뛰노는 심장은 거선의 기관과 같이 힘이 있다. 이것이다. 인류의 역사를 꾸며 내려온 동력은 바로 이것이다. 이성은 투명하되 얼음과 같으며, 지혜는 날카로우나 갑 속에 든 칼이다. 청춘의 끓는 피가 아니라면, 인간이 얼마나 쓸쓸하랴? 얼음에 싸인 만물은 죽음이 있을 뿐이다.(민태원 작가)

신록예찬

봄 여름 가을 겨울, 두루 사시를 두고, 자연이 우리에게 내리는 혜택에는 제한이 없다. 그러나 그 중에도 그 혜택을 풍성히 아낌없이 내리는 시절은 봄과 여름이요, 그 중에도 그 혜택을 가장 아름답게 내는 것은 봄, 봄 가운데도 만산에 녹엽이 싹트는 이 때일 것이다. 눈을 들어 하늘을 우러러보고 먼 산을 바라보라. 어린애의 웃음같이 깨끗

하고 명랑한 오월의 하늘, 나날이 푸르러가는 이 산 저 산, 나날이 새로운 경이를 가져오는 이 언덕 저 언덕, 그리고 하늘을 달리고 녹음을 스쳐 오는 맑고 향기로운 바람.(이양하 작가)

언어에 대한 본격적인 교육이 중고교 시절 국어 시간에 많이 이루어지는데 나의 시적 감성, 서정성, 문학에 대한 관심 등 많은 것이 국어 교과서에서 자극을 많이 받았다. 한번은 이상의 '오감도'에 나오는 13인의 아해를 우연히 접하게 되었는데 이후 13이라는 숫자가 무서워졌고 평범함에서 벗어난 파격적 시에 대한 상상력도 좀 생겼던 것으로 기억한다. 이전에 대학로에 가면 오감도라는 음식점이 있었던 것으로 기억하는데 지금은 어떻게 되었는지 모르겠다. 요즘 고 3 아들 국어 시험 문제를 보면 내가 한 문제도 풀 수 없을 정도로 어렵고, 짧은 시간에 빠르고 정확한 독해를 요구하는 것이 많은 것 같다. 사람의 능력으로 그러한 것이 가능한지 신기하기도 하고 그러한 문제를 푸는 아들이 대견하기도 하다.

한편 나의 고교 시절에는 한문 시간도 따로 있었는데 한글이 주지 못하는 한자만이 줄 수 있는 시각적, 함축적 의미 전달 효과가 나에게는 큰 정서적 성장이 되었던 것 같다. 특히 오언절구, 칠언율시를 좋아했던 것 같은데 내용 자체가 동양철학적 내용을 많이 담고 있었고, 한자라는 시각적 언어로 서정적인 시적 공간에 대한 상상, 소리에 대한 상상, 이미지에 대한 상상과 여운은 한시의 매력이었다.

다음의 한시가 한문 교과서에 실렸었던 것으로 기억되고 평생 좋아하는 한시가 되었다. 당나라 시절 유종원이 지방 관리로 좌천된 후 속을 삭이며 썼다는 한시이다.

江雪(강설)

千山鳥飛絶(천산조비절)
萬逕人踪滅(만경인종멸)
孤舟蓑笠翁(고주사립옹)
獨釣寒江雪(독조한강설)

온 산에 새도 날지 않고
모든 길에는 사람 발자취마저 끊어졌는데
외로운 배 위에 도롱이에 삿갓 쓴 노인만이
홀로 눈 내리는 겨울 강에서 낚시를 하네.

수묵화로 그린 동양화 한 폭이 저절로 떠오르는 한시이다. 겨울철이 되어 눈만 내리면, 특히 여행하다가 얼어붙은 강가에 눈이 쌓인 풍경을 볼 때면 나는 독조한강설獨釣寒江雪을 생각하며 감상에 젖는다. 대자연 속에서 노자의 자연 무위 사상 속에서 혼자 고독을 만끽하며 인생을 반추하며 우주를 관조하는 한 노인의 서정적 정취가 눈에 선하다. 나도 그러한 여유를 좀 더 가지며 살고 싶다.

OO독서실

고등학교 시절 학교가 끝나자마자 집에 들러 라면을 하나 반 끓여 먹고, 독서실로 공부하러 가는 일이 일상이었다. 라면에는 파, 양파, 계란을 잔뜩 넣어 거의 라면 두 개 분량이다. 가끔은 밥도 말아 먹고. 학교에서 보내는 시간 외에 나머지 대부분 시간을 독서실에서 생활하는 극단적 생활을 몇 년간 했다. 집에서는 공부도 잘 안 되고 내 방도 제대로 없었다. 독서실에서 밤늦게까지 공부하다 새벽 1시 넘어서 의자 3개 정도를 나란히 붙여 독서실에서 자는 생활이었다. 덕분에 학교 성적은 늘 최상위권을 유지하기는 했다. 하지만 먼지도 많고 환기도 안 되는 독서실에서 의자를 몇 개 놓고 누워서 자거나, 먼지가 풀풀 나는 독서실 바닥에 담요 가져다 깔고 자는 생활을 오래 하다 보니 감기에 자주 걸렸고, 재채기와 콧물도 많이 나와 다 쓴 연습장은 늘 코 푸는 용도로 많이 쓰게 되었다. 연습장 겉표지는 소피 마르소 사진이 많았던 것으로 기억한다. 청소는 독서실 실장님 아저씨가 매일 아침 한 번 정도 겨우 하시는 것 같았던데, 독서실 내에는 늘 쉰 냄새가 났다. 청소가 제대로 되기는 하는지 의문이었지만 독서실 내에서 떠들면 제일 먼저 무섭게 혼내는 사람이 실장님이어서 우리는 눈치를 보아야 했다. 고려대 나와서 사법고시 도전했다가 몇 번 낙방하고 독서실을 차리셨다는 40대로 보이는 사장님은 항상 근엄한 표정으로 아이들한테 얘기하셨다.

"고대 정도를 가려면 공부 열심히 해야 해."

나의 지정석 책상 건너편에는 학교 1년 선배이자 우리 학교 이과 일등이며, 공부 잘한다고 소문난 형이 공부하고 있었다. 매일 1시까지 공부하고 6시쯤에 일어난다. 나의 목표는 그 형을 따라잡아 더 열심히 공부하는 것이었다. 내가 '수학의 정석'을 고등학교 입학 전 한번 다 보았다고 슬쩍 이야기하니까 한숨만 풀풀 쉰다. 사실 나는 마스터 한 것이 아니라 전반적으로 쉬운 문제 중심으로 한번 풀어본 것이고, 이렇게 떠벌리고 다녀야 나 스스로를 더욱 채찍질해서 열심히 공부하는 사람으로 묶어 놓을 수 있을 것 같았다. 하여간 선배 형 공부하는 것만 따라잡으면 나도 서울대 가겠지 하는 마음으로 공부를 했다. 역시 공부는 혼자 하기는 어려운 것이고 경쟁이 붙어야 잘할 수 있는 것 같다. 공부도 동물적 경쟁 심리에서 일어난다.

공부를 잘한다는 얘기를 주변에서 자주 들은 후부터는 공부 못하는 아이들을 깔보는 마음이 더 심해졌다. 그렇게 공부를 하지 않으면 나중에 무엇이 되려고 하는지 속으로 업신여기는 마음을 가지게 되었다. 우리 집은 형, 누나가 대부분 공고나 상고를 다녔다. 집안 형편이 넉넉하지 않아 졸업 후 바로 취직할 수 있는 실업계 고등학교에 다녔고 누나들과 형은 부모님들에 대한 반발도 심했지만, 형편상 어쩔 수가 없었다. 그래서인지 나는 인문계 고교에 진학한 막내인지라 부모님의 기대가 더 있었고 마음을 다잡고 공부를 해야 했다. 부담이 있었다.

독서실에서 본격적으로 공부에 들어가기 전 잠시나마 항상 펼쳐보았던 책은 공고를 졸업하고 대학에 진학했다가 군대 간 형의 대학교 교양서적 '철학개론'이었다. 처음에는 호기심으로 읽었는데 국민윤리나 사회 교과와 관련되어 있기도 하여 재미있고, 사춘기 시절 세상에 눈뜬 나의 지적 호기심과 세계관에 대하여 시야를 넓혀주는 것 같았다. 소크라테스, 데카르트, 공자의 사상에 관한 내용을 읽으니 잘 이해는 되지 않았지만 시야가 넓어지는 듯하고 더욱 우쭐해졌다. 당시 이과반이었는데 세상의 이치를 우주에서 터득하고자 꼭 천문학과를 가야겠다고 좀 낭만적인 생각을 하기도 했다. 이 세상의 이치를 천문학적 우주로 탐색하면 모두 알 수 있을 것 같았다. 철학과는 집안의 반대가 자명했다. 대학 나와서 길에서 돗자리나 깔 거냐고.

독서실은 밤 11시쯤 되면 셔터 문이 닫혔다. 야간 통행금지는 해제

되었지만 11시가 되면 출입 금지고 새벽 4시가 되어야 다시 셔터 문을 열어 주셨다. 독서실이 위치한 곳은 유흥지역 주변이라 밤에는 술 취한 사람들이 길에서 노래도 부르고 싸우는 소리도 많이 들리고, 아침에 보면 곳곳에 술 마시고 토한 흔적이 있었다. 독서실 사장님이 매일 새벽 현관 셔터 문을 여는 셔터 소리가 아직도 귀에 선하다. 셔터 소리가 들리면 새벽이 된 것이고 또 하루가 시작되었다.

고등학교 시절 내게 남은 인생의 돌파구는 OO독서실이었다. 집안 형편도 어려웠고 5남매를 키우시느라 고생하시는 부모님을 생각하면 더욱 열심히 공부해야 했고, 우리 집에서 재수는 상상할 수 없는 노릇이었다. 어릴 때부터 나에게는 빈곤 망상 Poverty delusion 비슷한 것이 생긴 것 같다. 지금 생각하면 독서실 생활을 오래 해서 당시 내가 감기 같은 병치레를 많이 하지 않았나 하는 생각이 든다. 나를 따라 고등학교 많은 친구들이 독서실에 공부하러 왔고, 중간고사나 학기말 시험 때가 되면 우리 반 아이들로 꽉 차게 되었다. 어떤 친구는 독서실에서 같이 공부하면서 나와 막역한 사이가 되기도 했고, 어떤 친구는 독서실에서 여자 친구를 사귀기도 하고, 공부보다 근처 전자오락실에서 게임만 하던 친구도 있었다. 사회에서 만난 지인들과는 비교할 수 없는 이해타산이 없는 순수한 시절이었고 우리는 모두 평생 친구가 되었다.

비록 지금은 모두 아름다운 추억이 되었지만 다시는 고등학교 독서실 생활로 돌아가고 싶지는 않다. 나에게는 좀 잔인한 시절이었다.

고등학교 어느 겨울, 예수님의 사랑

고등학교 시절 친구 OO의 권유로 교회에 잠깐 다닌 적이 있었다. 인간이 구원을 얻으려면 또한 내세의 삶을 보장받으려면 교회에 다녀야 한다고 했다. 많은 친구들이 교회에 다니기 시작했고 일부 친구들은 교회 밴드부에 들어가 기타와 드럼 연주, 노래를 하면서 멋도 부리기 시작했다.

어느 날 교회를 가서 처음 예배를 보게 되었다. 교회는 매우 낯설었지만, 찬송가는 따라 부르기 쉬웠고 전도사님의 반듯한 모습과 친절, 열정에 마음이 녹아내렸다.

드디어 자유기도 시간이 되었고 많은 신자들, 심지어 친구들도 방언을 하기 시작했다. 말로만 듣던 방언. 나도 신심이 깊어지면 저렇게 방언을 할까?

하여간 인간은 죄인이고 나도 죄인이고 회개를 해야 하고. 그렇지만 나는 나의 자유의지로 내가 태어난 것도 아니고. 원죄는 나의 자유 의지도 아니었고. 이러한 의문을 가지고 질문하면 '인간의 머리로는 이해할 수 없는 부분이니 믿어야 하고 무조건 믿을 교리이고 그렇게 생각하는 건 네가 교만해서야' 라는 말로 모든 상황은 정리되었던 같다.

그래도 마음에 가장 와 닿은 것은 사랑에 관한 교리였다. 믿음과 소망과 사랑 중에 그중에 제일은 사랑이라. 어쨌거나 무자비한 이웃 사랑을 나도 실천함으로 구원을 받아야겠다고 생각했다. 한편으로는 신을 믿지 않아도 사랑의 실천만으로 구원받을 수 있음을 내가 보여주겠다고 생각도 해 보았다. 하여간 신약성경에 나오는 예수라는 존재에 대하여 처음으로 알려고 하던 시절이었다. 종교와 인생에 대한 고민이 발아되던 시절이었고, 관련한 논쟁도 친구들 간에 많이 이루어졌다.

그날 교회 예배 후 저녁이 되어 집으로 돌아오는 길에 눈이 내리기 시작했다. 길가에는 가로등이 켜지고 상가 간판에는 네온사인이 들어오기 시작했다. 철산리 고개를 지나가다가 길가에 쓰러져 있는 40대 정도로 보이는 아저씨를 보게 되었다. 남루한 옷차림이었고 가까이 가 보니 몸에서 심한 쾨쾨한 냄새가 났고, 술을 마셨는지는 알 수 없었지만 팔을 좀 다쳤는지 피가 좀 났다. 사람들은 그냥 지나쳐 갔지만 나는 성경의 구절을 되뇌면서 '예수님이 지상에 오셨으면 저렇게 오셨을 것이다' 라고 생각하며 가서 부축하고 도왔다. 술 냄새가 났고 시간이 흐르니 아저씨가 혼자 일어서서 뒤뚱거리며 다시 일어나 걸어가셨고 내 겨울 잠바에는 아저씨가 흘리던 피가 살짝 묻었다. 나는 하느님의 훈장이라고 생각했다. 집으로 돌아오는 하늘에는 별이 총총 빛나고 있었다. 집에 돌아와서 피 묻은 잠바를 엄마가 보셨지만 특별한 말씀은 없었다.

요즘도 그렇지만 당시에도 집 근처에 유난히도 교회가 많았다. 밤이 되면 휘황찬란하게 빛나는 교회의 십자가 불빛을 보며 종교와 구원에 대한 고민을 많이 하였다. 사춘기 시절을 겪으면서 자연적으로 집 근처에 많던 교회에도 관심이 가게 되었고 나 자신과 세계에 눈뜨면서 오히려 기독교적 세계관에 대하여 큰 의문을 가지게 되었다. 그리고 상업적 성격을 띠는 교회에 대하여서는 반감도 생기게 되었다. 또한 인생에 대한 진지한 고민도 한번 없이 바로 신앙으로 백기 투항하는 것은 비겁한 일이라고 생각했다. 물론 당시까지 인간의 다양하고도 어려운 한계상황을 경험해보지 못한 나로서는 당연한 일이었고 지금 생각해보면 무서울 것이 없던 젊은 날이었다. 나의 이성과 두 주먹과 심장만을 믿었던 날들이었다.

제망매가(祭亡妹歌)와 사모곡(思母曲)

새벽 5시 어머니가 어디선가 온 전화를 받으시면서 울부짖으셨다.

"OO가 죽었데요. 둘째 딸이…"

온 식구가 다 깨어나 안방으로 모였다. 누나들은 울기 시작했다. 둘째 누나는 간호학교를 졸업하고 간호사가 되어 경기도 모 군부대에 간호장교로 근무 중이셨다. 대학 갈 형편이 못 되지만 공부를 계속하고 싶다 하여 울며 겨자 먹기로 무료로 공부시켜주고, 간호사 면허도 주고, 대신 장교로 복무하는 의무가 지워진 국군간호사관학교를 가게 된 것이다.

누나는 어릴 적 나에게 심부름을 가끔 시켰다. 누나가 좋아하던 50원짜리 '티나 크래커'라는 과자를 사 오는 일도 시키고 그러면 그 대가로 10원쯤을 쥐어주기도 했다. 한번은 누나가 준 심부름 값으로 가게에서 '국제 맛캔디'라는 뽑기 놀이를 했는데 수십 개 캔디가 나오는 횡재가 있었다. 너무나 기쁜 나머지 집으로 급하게 뛰어가다가 넘어져 집 앞 계단 모서리에 가슴이 부딪혀 숨이 잠깐 멈춘 적이 있었다. 죽는 줄만 알았다. 호흡이 돌아오자 나는 집에 가서 뽑기에서 횡재가 났음을 형, 누나들에게 자랑했다.

돌아가시기 몇 달 전 부대에서 휴가 나온 누나하고 얘기하던 것이 엊그제 일처럼 느껴졌다. 당시는 오랜만에 만나니 같이 살던 누나인데도 내가 어려서인지 좀 서먹서먹해 했던 기억이 난다. 누나는 나보고 의대를 가라고 그랬다. 나는 천문학과를 가서 우주의 의미, 끝이 있는지 알고 싶었고 아니면 현실적으로 전자공학과로 진학하고 싶었다. 누나는 병원에서 일어나는 여러 가지 재미있는 이야기들과 의사가 되면 돈도 잘 벌 수 있다는 얘기를 해주셨고 정형외과에 관한 이야기를 많이 해주셨다. 그래서 나는 의사라는 직업에 대하여 다시 생각하게 되었고, 만약 의사가 된다면 사람의 마음도 탐구하고 경제적인 안정도 얻을 수 있는 정신과 의사가 되어야겠다고 마음을 먹게 되었다. 의사라는 직업을 통하여 많은 사람을 도와줄 수 있을 것 같았다. 또한 나 자신도 남을 위해 선한 일을 하는 것이 나의 구원에 도움이 될 것이라고 믿게 되었다. 부모님도 경제적인 면을 고려하여 그것을 원하시는 것 같았다.

아버지는 누나가 죽었음에도 차분하기도 하고 많이 당황하지는 않으신 것 같았다. 국립묘지에 누나를 안치하는 일에만 관심이 있으신 것 같았다. 가장으로서 현실적 수습을 생각해서일까? 어머니는 내내 울기만 하셨다.

하여튼 청량리 가는 버스를 타고 청량리에서 택시를 대절하여 국군 OO병원으로 갔다. 나는 슬펐지만, 부모님의 그것만 했을까. 돌아가신 누나에게 드리웠던 흰 천을 담당 군인이 제치니 돌아가신 누나의 얼굴을 볼 수 있었다. 눈물이 흘렀다.

OO병원에서 집으로 돌아오는 길은 아무 생각도 나지 않았다. 집에 돌아와 이것저것 생각하면서 신이 있다면 왜 아무 죄가 없는 착한 누나를 이토록 빨리 데려가셨을까 하는 생각을 해본다. 신이 과연 있기는 하나?

저녁에는 누나가 다니셨던 동네의 OO교회에 가서 기도를 했다. 돌아가신 누나를 위해서 좋은 데 가시도록. 누나가 집에 오면 늘 다니던 교회니까 신이 계시다면 내 기도를 들어줄 수 있을 것이라 생각하면서.

제망매가(祭亡妹歌)

生死路隱 此矣 有阿米 次肹伊遣
吾隱去內如辭叱都 毛如云遣去內尼叱古
於內秋察早隱風未 此矣彼矣浮良落尸葉如
一等隱枝良出古 去如隱處毛冬乎丁
阿也 彌陀刹良逢乎吾 道修良待是古如

죽고 사는 길 예 있으매 저히고

나는 간다 말도 못다 하고 가는가

어느 가을 이른 바람에 이에 저에

떨어질 잎다이 한가지에 나고 가는 곳 모르누나

아으 미타찰彌陀刹에서 만날 내 도닦아 기다리리다.

(양주동 풀이)

제망매가 [祭亡妹歌] (한국민족문화대백과, 한국학중앙연구원)

신라 경덕왕 때 월명사라는 스님이 쓰신 향가로서 고등학교 교과서에 실렸던 작품으로 기억된다. 그때나 지금이나 가끔 누나의 죽음을 생각하면 월명사의 '제망매가'가 생각난다. 부모님이라는 한 가지에 나서 가는 곳 모르는 누나의 죽음. 승려로서 죽음을 초월해야 하겠지만 낙엽이 떨어지는 것에 비유한 죽음이라는 현실 세계의 사건을 보고서는 허무함에 사무치는 한 승려의 마음이 잘 나타나 있다.

누나는 현재 동작동 국립 현충원에 계신다. 현충원 앞에서 만 원짜리 국화를 사서 일년에 한두 번 찾아가서 기도를 드리고 나도 언젠가는 누나에게 갈 테니까 잘 있으라는 기도, 살아가는 동안 열심히 살다가 하늘나라로 갈 테니까 잘 보아주고 응원해줘 하는 속삭임을 누나에게 하곤 한다. 누나가 돌아가신 날은 나의 여름방학 때였고 다음날부터 다시 학교에 가서 고3 자율학습을 계속했다. 고3이라 공부해야 한다고 어머니가 바로 학교에 가게 했다. 그래서 장례식도 참가하지 못했다. 제대로 성인이 된 후에야 내가 장례식을 참가하지 못한 사실에 많이 후회되었다.

나에게 아버지는 큰 영향을 주지는 못하였다. 아버지는 가부장적인 전근대적 권위 의식을 많이 가지셨던 분이셨기에 자식들의 사랑을 많이 받지는 못하였고 어머니도 아버지를 건사하시느라 많이 힘들어하셨다. 아버지가 많이 아프시고 요양병원에 입원할 때쯤 되어서야 아버지의 인생을 조금이나마 이해할 수 있게 되었다. 막내인 나에게는 유독 약한 모습을 보이셨던 분이셨다. 아버지가 8년 전 돌아가신 후 화장터에서 화장 후 온기가 남아있던 아버지의 분골함을 가슴에 안고 선두에 서서 납골당으로 가족들과 걸어갔던 기억이 난다. 얼마 전 납골당에 가서 아버지를 용서한다고 기도했고, 나도 용서해 달라고 아버지께 기도했다.

둘째 누나가 돌아가신 후 어머니께서는 나의 아침 학교 등교 길마다 따라나셨다. 내가 찻길을 건너 학교 가는 노선의 버스를 기다리고 있으면 건너편에서 쪼그리고 앉아 내가 버스 탈 때까지 기다려주고 계셨고 내가 탄 버스가 출발해야 어머니도 집으로 발걸음을 돌리셨다. 누나가 돌아가신 후 엄마의 모습은 정말 쓸쓸해지셨다.

사모곡(思母曲)

호미도 놀히언마르는
낟그티 들리도 업스니이다
아바님도 어이어신마르는
위 덩더둥셩
어마님フ티 괴시리 업세라
아소 님하 아마님フ티 괴시리 업세라

　고려시대 가요인데 당시 고등학교 책에 나왔던 것으로 기억된다. 어머니의 사랑을 낫으로 아버지의 사랑을 호미로 비유하면서 어머니의 사랑이 아버지보다 훨씬 자애롭고 깊다고 소박하게 표현하고 있다. 나는 이 고려가요를 재미있게 공부했고 나에 대한 어머니의 뒷바라지를 생각하면 항상 이 사모곡이 떠올랐다. 정확한 기억은 아니지만 '사모곡'이 내가 치렀던 그해 대학입학 학력고사에 나왔던 것으로 기억되고 나는 쉽게 문제를 풀 수 있었다. 시험장에서 문제를 풀면서 나는 어머니가 떠올랐다.

II

너와 나, 우리들의 세상

신입생 환영회, 이태원 나이트

의대에 입학해서 동아리에 가입하게 되었는데 나의 보수적인 성격상 그리고 돈이 많이 들 것 같은 오케스트라나 사진반은 쳐다보지 못하고 나름 글에 자신이 있다는 생각, 적극적이지는 않지만 사회적 의식이 있다는 의대 교지 무영등 편집부에 가입하였다. 선배들은 대부분 조용한 편이었지만 성격이 독특한 선배도 보였다. 한두 해 선배가 대단히 우러러 높아 보였고 나도 저 정도 나이 되면 인생에 대하여 많이 터득하고 지혜로워 질 수 있을 것으로 생각했다. 그러나 나중에 내가 그 나이가 되었지만 지혜로워지지는 않았다.

교정에 하이힐 신고 다니는 여학생들을 보면 고등학교 졸업 후 몇 달이 지나 일 년도 안 된 사이에 하이힐 신고 화장하고 다니는 것이 세월의 흐름에 따른 사람의 당연한 행동인지 이해할 수 없었다. 나는 상당히 보수적인 사람이었다. 도대체 인생의 진리는 다 터득한 후 세상의 흐름에 따라 흘러가는 것인지 알 수가 없었다. 더구나 지방 소도시에서 학교를 다녔던 나로서는 서울에서 학교에 다니고 여유롭게 멋을 부리고 다니는 학생들을 이해할 수가 없었던 것이다. 당시 나는 개별 인간의 다양한 행동양태에 대하여 너무 비판적으로 생각하고 있었다. 나는 젊은이들의 개인적 행복 추구에 대한 본능적 권리에 대하여 상당히 인색하였다.

동아리 신입생 환영회는 학교 근처 대형 중국 음식집에서 주로 이루어졌다. 고등학교 때까지만 해도 자장면은 특별한 날에나 먹어볼 수 있는 음식인데 거기다 탕수육, 팔보채 음식까지 선배들이 사주니 즐거운 날이 아닐 수 없었다. 식사하고 자기소개가 이루어지고 돌아가면서 노래를 부르게 되는 순서가 되었다. 당시에는 시중의 사랑 타령하는 노래보다는 가곡, '솔아 솔아 푸르른 솔아' 같은 건전가요, 심수봉의 '남자는 배 여자는 항구' 같은 가요를 많이 불렀던 것으로 기억된다.

어쨌든 소주와 빼갈 등 술을 선배들이 주는 대로 마시니 많이 취했다. 2차 뒤풀이는 편집부의 전통상 이태원 나이트클럽을 간다고 했다. 택시타고 이태원 소방서 앞 집합이다. 처음 가보는 휘황찬란한 이태원 한복판. 노랑머리 파란눈의 외국인도 많았다. 나이트 입장 시 현관에서 소위 말하는 건장한 젊은 남자들(속어로 뽀이라고 했다)이 주민등록증 검사를 해서 만 19세 이상만 통과가 되었고 생일이 지나지 않은 내 동기는 주민등록증을 선배들한테 빌려서 입구를 통과할 수 있었다.

말로만 듣던 나이트클럽은 별천지였다. 말로만 들었던 나이트가 이런 곳이었구나 하면서 맥주를 더 마시게 되었고 대학생이 그리고 성인이 된 느낌이 들었다. 인간의 성적 욕망, 자유로운 흥겨운 음악 리듬에 맡긴 본능이 꿈틀대고 있었다.

시간이 좀 흐르니 당시 유행하던 가수 나미의 '슬픈 인연'이라는 노래가 흘러 나왔다. 다음으로는 '나는 아직 모르잖아요'라는 가수 이문세의 노래가 흘러나왔다. 블루스 타임이라는 DJ의 멘트가 있고 디스코 분위기로 신났던 장내는 갑자기 잦아들고 우리 동아리 반원들 간에도 블루스 추는 모드가 되었다. 그 순간 테이블에 앉아있던 클럽 내 많은 손님들의 시선은 무대 한구석의 외국인 댄서로 향해졌다. 스트립쇼의 시작이었다. 당시 유행하던 느린 템포의 가요 음악에 맞추어 옷을 하나둘 벗으면서 추는 춤이 한편으로는 본능적인 눈의 즐거움이자 고등학교를 막 졸업한 나로서는 정신적 충격이었다. 하지만 시간이 흐르자 여자 댄서의 인간적 처량함과 애잔함으로 다가왔다. 여자가 벗은 모습을 고등학교 때 친구들이 가져온 '플레이보이' 같은 잡지에서 사진으로 본 것 말고 실제로 처음 본 날, 나는 잠을 이룰 수가 없었다.

그날 이후에도 이태원 소방서 앞 나이트클럽 모임은 동아리 큰 행사 후에 가끔 있었다. 성인들의 유희에 대한 감각을 일깨워 준 이태원 나이트클럽이었고 나중에는 가는 날이 은근히 기다려졌다. 지금도 '슬픈 인연'이나 '나는 아직 모르잖아요'라는 가요를 들으면 당시의 나이트클럽 정경이 떠오르고 벌이를 위해 시각적 상품으로 나서야만 했던

스트립 댄서의 조금은 쓸쓸했던 모습을 떠올리게 된다.

상복이 어울리는 엘렉트라

    대학 시절 중앙대 연극영화과나 학교 연극 동아리의 연극 공연을 접할 기회가 많았는데, 흥미롭고 유익한 것이 많았고 나에게 있어 인문학적 상상력을 많이 길러 주었다. 학교 담벼락과 보도블록, 게시판에는 늘 다양한 연극 포스터가 다닥다닥 붙어 있었다. 학교 수업이 끝나고 저녁 7시쯤 학교 공연장인 루이스 홀에 가면 연극 공연을 하는 날이 많았다. 희극, 비극에서 창작극까지 많은 연극을 관람했는데 미리 스토리를 좀 알고 가도 연극이 이해가 안 되는 일도 있었다. 그때나 지금이나 영화나 연극, 장편 소설의 스토리를 이해하는 나의 능력은 선천적으로 좀 떨어지는 것 같다. 하지만 관람 후에는 문화적으로 내가 더 성숙해진 마음이 들고, 세상에 대하여 더 많이 이해할 수 있을 것만 같고, 우쭐해지기도 하였다.

    한번은 '상복이 어울리는 엘렉트라'라는 연극을 본 적이 있었다.

제목이 특이하고 정신과와 심리학에서 나오는 프로이트의 '오이디푸스 콤플렉스'와 '엘렉트라 콤플렉스'에 기반을 둔 영화라 관심이 더 있었다. 간통, 부친살해, 모친살해, 근친상간 등의 이미지를 통해 한 가족의 몰락을 그린 비극적 결말의 연극이었다. 내용이 모두 이해되지는 않았지만 인생의 아름다운 것과 대비되는 비극 연극의 정수, 연기자들의 열정, 분장의 아름다움, 특히 까만 의상을 주로 입고 나오는 주인공들의 열연은 미학적인 나의 감성에 자극이 되기도 하였다. 까만색도 아름다울 수 있음을 처음 느꼈던 것 같다. 그 이후로도 대학시절 감상한 많은 연극들은 나의 감성적, 인문학적 성장에 큰 도움이 되었다.

중고등학교 시절에는 KBS와 MBC TV에서 방영하는 명화극장이나 주말의 명화를 자주 보았던 기억이 있다. '석양의 무법자', '티파니에서 아침을', '십계' 등 나의 사춘기 정서적 성장을 많이 도와준 것이 TV 영화였다. 당시 주말이 되면 정영일이라는 영화 평론가 분이 '주말의 명화'나 '명화극장'에서 상영될 영화를 몇 분간 미리 설명해주는 예고편 내레이션을 해주셨다. 뿔테 안경을 끼시고 카리스마 있게 영화 방송 예고를 해 주셨다. 주말의 영화의 웅장한 시그널 뮤직이 함께 나왔고 음악이 나오면 이번 주 어떠한 영화를 보게 될까 설레었던 기억이 난다. 영화를 좋아하게 된 계기 중의 하나는 둘째 누나가 산 영화음악 테이프 전집이었다. '라라의 테마', '러브스토리', '문 리버', '쉘브르의 우산', '콰이강의 다리', '대탈주', '빠삐용' 등 많은 영화들의 영화음악 OST가 수록되어 있었고, 해설집 책에는 영화 내용과 주제가 음악,

배우들의 스토리가 재미있게 묘사되어 있었다. 그 계기를 통하여 영화음악에 잠시 빠져들게 되었고, 당시 KBS FM 라디오에서 방송했던 영화음악 프로그램에도 희망음악 신청 엽서를 보내기도 하였다. 영화 속 연인들끼리의 사랑, 대자연의 아름다움, 선과 악의 영화 속 스토리는 내가 정서적으로 성장하는 데 큰 도움이 되었고 한때는 내가 영화감독을 꿈꾸게 하였다. 사춘기 시절 당시 내가 느끼기에도 나의 외모로는 영화배우는 되기 어렵다는 것을 알았던 모양이다.

중학교 시절 한번은 광명사거리에 있는 '개봉극장'에 혼자 몰래 가서 '바람과 함께 사라지다'라는 클라크 케이블과 비비안 리가 나온 영화를 본 적이 있었다. 미국 남북전쟁을 배경으로 한 영화였고 당시 비비안 리의 허리가 18인치니 얼마니 하는 것들이 연예가 가십거리였다.

영화 한 장면 중에 주인공 배우들이 마차를 같이 타고 가던 중, 클라크 케이블이 비비안 리에게 작업 걸던 멘트가 있었다.

"Mexico, or Paris?(어디로 당신을 데려갈까?)"하는 작업 멘트였다.

나중에 찾아본 바로는 비비안 리는 클라크 케이블의 입 냄새 때문에 키스신을 싫어했다고 한다. 사실일 수도 아니면 허튼 소문일 수도 있다. 한편 나는 젊은 시절 오마샤리프 담배를 오랫동안 애용한 적이 있었다. 담배를 끊기 전까지 가장 오랫동안 사랑했던 담배였다. 내가 오마샤리프 담배를 애용하게 된 것은 순전히 영화 '닥터 지바고'에 나오는 오마샤리프 배우 때문이었다. 오마샤리프처럼 담배를 피면서 폼도 잡아보았고, 닥터 지바고에 나오는 주인공 의사처럼 멋도 부려보고 싶었고, 실질적으로 맛도 제일 좋았던 담배였다.

예술은 인생을 구원할 수 있을까? 몇 년 전 차를 타고 서울시청으로 가던 거리 어딘가에 연극을 상연하는 소규모 극장이 있었고 바깥 간판에는 이렇게 쓰여 있었던 것으로 기억한다. 정확하지는 않지만.

'예술은 밥을 해결해 주지는 못하지만 삶을 위로해줄 수는 있다.'

영화, 연극, 음악, 미술, 문학, 건축 등 예술은 인간의 본성과 삶을 표현하는 또 하나의 방법이다. 나의 대학 입학 당시 철학과는 철학과, 미학과, 종교학과로 나누어져 신입생을 모집했던 것으로 기억한다. 당시는 미학이 무엇인지 몰랐다. 나중에 요즘 매스컴에 자주 나오는 진중권이라는 평론가, 그리고 나의 사촌 동생도 미학과를 나와서 미학이라는 학문에 약간의 관심을 두게 되었다. 음악, 미술, 영화라는 소위 말하는 예술이 인간의 구원에 어떠한 영향을 미치는 것일까? 고흐, 고갱, 베토벤, 모차르트 등 거장 예술가들은 특별한 재능을 선천적으로 부여받기도 했지만 예술의 세계에서 생의 구원을 받은 것은 아닐까? 천재적 재능을 통하여 끓어오르는 주체 못 할 예술적 본능을 표현하는 예술가들의 작품을 감상하고 우리는 삶의 위로를 받는다.

조성진의 쇼팽 '야상곡' 피아노곡을 들으며, 또한 피아니스트의 열정적이며 조금은 희열과 고통스러운 얼굴 표정을 볼 때, 헨델의 '라르고'를 들을 때, 앙드레 리우가 지휘하는 오케스트라의 '스케이팅 왈츠'를 들을 때(연주자들이 가짜 술을 마시며 연주하는 우스꽝스러운 장면이 나온다), 코로나 팬데믹 상황에서 맹인 가수 안드레아 보첼리가 텅 비어 있던 이탈리아 두오모 성당에서 부르던 '아베마리아' 노래를 들으며 나는 위로를 받는다.

영화 '올드보이', '설국열차', 그리고 우연히 극장에 들려 온 가족이 관람하고 내 인생 최고의 영화가 되었던 '그린 북'. 내가 좋아하는 배우 톰크루즈가 나오는 마이너리티 리포트Minority report에 나왔던 베토벤의 음악. '마이너리티 리포트'를 본 후 나는 현실 세계에서 다수의 의견만이 진실이 아닐 수 있음을 가끔 상기하게 되었다. 그리고 김환기 작가의 '우주'와 '어디서 무엇이 되어 다시 만나랴' 라는 추상화 그림을 보는 순간 내 마음은 찰나의 순간이나마 구원을 얻은 듯 행복했던 기억이 난다. 그것은 미술 회화가 아니라 내 마음을 때리는 인생의 울림이었다. 제목이 내 마음에 들어 더 그러한 감흥이 있었지 않나 하는 생각이 들기도 한다.

그리고 내 마음의 심금을 울렸던 건축 작품으로 원주에 있는 '뮤지엄 산'에 있는 건축학자 안도 타타오의 물이 있는 정원이다. 몇 년 전 가족과 가을에 갔을 때 단풍이 물에 비쳐진 물 정원의 풍경은 아름다움에 대한 나의 감성을 크게 흔들어 놓았다. 이후로 나는 정규 대학 교육도 받지 않고 독학으로 건축학의 거인의 경지에 오른 안도 타타오를 좋아하게 되었고 제주도에 있는 유민 미술관에 갔을 때도 한라산과 제주도의 풍광에 어우러진 건축물의 아름다움과 상상력에 매료되었다. '뮤지엄 산'은 그 후로 여러 번 방문했었는데 갈 때마다 감흥이 새로웠다. 하지만 첫 번째 방문 시의 감흥이 제일 컸던 것 같다.

내가 좋아하는 가수 이문세의 '옛사랑', '광화문 연가', '소녀' 노래의 작사, 작곡은 모두 고 이영훈 선생님이라는 분이 하셨다고 한다. 노래를 듣다 보면 노래 가사가 거의 시처럼 들린다. 고등학교 시절에 작사, 작곡하신 것도 많다는데 사람의 천재적 감수성은 어린 시절에도 그렇게 발휘될 수 있는가 보다. 그리고 가수 아이유가 부르는 '마음'이라는 노래도 좋은데 그렇게 젊은 나이에 어디에서 인생의 내공이 담긴 노래를 부르는지 나에게 위로가 될 때가 많다.

요즘 나의 아내는 JTBC 싱어게인 콘서트에 나와 1위를 했던 가수 이승윤에 푹 빠져 있다. 특히 그의 노래 가사에 나오는 다양한 위로 문구에 크게 위로를 받고 있는 모양이다. 옆에서 같이 들어 주어야 하는 나는 처음에 정말 지겨웠지만 사실 내가 생각해도 노래 가사가 30대 초반의 청년이 썼다고 하기에는 만만치 않은 인생에 대한 고민과 안목이 드러나는 내공이 있다. 최근 모 방송국 프로그램에서 가수 김연자님의 '아모르파티'를 이승윤씨가 불렀다는데 아모르파티가 사랑타령 제목이 아니라 '네 운명을 사랑하라'는 니체의 경구였다는 것을 나도 알고 깜짝 놀란 적이 있다. 학습보다는 본능과 천재적 소질에 기반을 두어 실력을 발휘하는 예술가들은 이미 10대나 20대에 많은 업적을 내었음을 우리는 알고 있다.

제 2차 세계 대전 당시 독일과 러시아의 전쟁이 있었고 레닌그라드는 독일에게 완전히 포위되어 식량부족과 전염병으로 수십만 명이 사망하고 죽은 사람 인육을 먹는 처참한 상황이 있었다. 그럼에도 '쇼스타코비치의 교향곡 7번'이 독일군의 봉쇄전이 한참 진행되는 상황에서 레닌그라드에서 초연되는 역사적인 장면이 있었다고 한다. 레닌그라드 소재 오케스트라 단원들의 상당수가 영양실조 내지는 병들어서 초기에는 연주 단원을 구하는 것이 쉽지 않았다고 한다. 하지만 레닌그라드 시민들은 계속 연주회를 열길 원했고 음악으로 배고픔의 위로를 달래고 히틀러에 대한 저항 의식을 키웠다고 한다. 러시아의 문학, 음악, 발레 등이 예술 분야에서 세계적이라는 것은 주지의 사실이다.

'예술가에게 예술은 스스로에게 구원의 힘을 줄 수 있고,
그것을 감상하는 우리 일반인에게는 삶을 위로해 준다.'

예술이 우리 모두를 구원할 수는 없지만, 삶의 아픈 상처를 보듬어 주고, 힘을 내라고 옆에서 속삭여줄 수는 있다.

니코마코스 윤리학

　대학생이 되면 반드시 읽어야 하는 소위 추천 교양도서 리스트가 늘상 있었다. 하지만 대부분 고전이었고 볼륨이 만만치 않아 완독은 쉽지 않았다. 나도 대학교 시절 당시 추천 교양 도서를 읽어 보려 여러 번 시도했지만 읽는 것이 만만치는 않았다. 문학 관련 서적은 호흡이 너무 길었고, 고전 철학은 이해가 안 되어 한 페이지 읽는 데 30분이 걸리기도 했다. 노란색, 빨간색 형광펜을 사서 줄을 쳐가면서, 때로는 국어사전을 뒤져가며 읽어도 이해가 되지 않는 부분이 많았다. 책 읽는 목적이 어려운 책을 읽었다고 남한테 똥 폼 잡으며 자랑하기 위함인가? 아니면 본인의 자강을 위함인가? 당시 둘 다 목적이었던 것 같다. 당시 독서를 시도했던 책 중에 '순수이성비판', '팡세', '죽음에 이르는 병', '존재와 무', '노자', '논어', '파우스트', '토지', '행복의 정복', '대지', '카라마조프의 형제들', '짜라투스트라는 이렇게 말했다' 등이 생각난다. 대부분 완독에는 실패했다.

독서라는 것이 재미보다는 고통이 따르는 경우가 더 많은 것 같다. 하지만 적당한 난이도의 책은 평생 상상력의 토대가 되고, 인격 성숙의 자양분이 되기도 한다. 나의 중고교 시절 당시 삼중당 문고가 있었고 500원짜리 작은 크기의 책을 판매했었다. 삼중당 문고 출판으로 나온 브론테의 '폭풍의 언덕'에서 묘사되었던 바람 불고 비 내리는 언덕의 영국적 목가적 분위기의 장면은 나에게 영국의 시골 이미지를 평생 각인시켰으며, 이광수의 '유정'에 나오는 시베리아 벌판과 바이칼 호수는 내가 꼭 가보고 싶은 여행 장소에 바이칼 호수가 들어간 계기가 되었다.

대학 시절 당시 짧은 여름방학이었지만 버스를 타고 학교 중앙도서관에 자주 갔던 기억이 난다. 당시 도서관 책들은 전산화 작업이 되지 않았기에 색인표를 다 찾아야 어떠한 책이 있는지 알 수 있었고, 기역부터 시작하는 색인 순서대로 책의 리스트를 보는 것이 취미 중의 하나였다. 당시 도서관에 있는 책을 알파벳 색인 A부터 Z까지 다 읽어보면 인생의 모든 진리를 터득할 수 있을 것이라는 글을 어디선가 본 적이 있었기에 한번 재미로도 해보고 싶었다. 하지만 살아가면서 이 세상 모든 책 중 천만 분의 일이라도 읽는 것조차 불가능하고, 그렇게 한들 인생의 모든 문제가 해결되지 않겠다고 깨닫게 되기까지는 몇 분도 걸리지 않았다. 지금 와서 생각해보면 이 세상의 책을 모두 인공지능에 입력하면 컴퓨터가 스스로 학습하여 인생의 의미, 우주와 생명의 목적, 행복한 사회의 완성 등 거창한 주제들에 대하여 가장 정답에 가까운 답안지를 우리가 볼 수 있지 않을까 하는 상상도 해본다.

당시 의미있게 읽었던 책 중의 하나는 아리스토텔레스의 저서 '니코마코스 윤리학'이었다. 을유문화사 출판사로 기억되고 세로 읽기 형식이었다. 이 책은 책의 제목대로 나의 관심 분야였던 무엇이 윤리적인 삶인가에 관한 윤리학 교과서는 아니었다. 당시 나는 윤리적인 삶이란 무엇인가에 대하여 고민이 있었다. 하지만 이 책은 오히려 행복과 사랑 등 우리 인생을 관통하는 삶의 목적에 관한 저술이었고 이후 인생의 목적은 행복이구나 하는 뚜렷한 관념을 나에게 각인시킨 행복론에 가까운 책이었다.

윤리학은 모든 행위가 목적으로 하는 선善을 연구하는 것인데, 최고선은 국가의 목적이므로 정치학과 관련된다고 했다. 행복이란 자족적 작용, 즉 덕德에 따르는 영혼의 활동을 가리키는데 윤리적으로는 초과와 부족을 용납하지 않는 상태, 즉 중용을 본질로 한다고 한다. 여기서 중용이란 양적 개념의 중앙값이 아니라 한쪽으로 치우치지 않는 것이라고 설명하고 있는데 그때는 어렴풋하게 이해는 되었어도 정확히 알지는 못했다. 또한, 사랑은 자기가 없는 것에 대한 갈망과 애착이라고 기술되었던 기억이 난다.

의과대학 동아리 무영등 교지 편집부에서는 한 달에 한 번씩 독서

토론회가 있었다. 미리 책을 읽어온 사람이 다른 사람들에게 책의 내용을 설명하는 약간의 순번제 강제 독서의 성격을 띠었다. 독서 토론회가 끝나면 학교 근처 호프집 가서 한 잔에 몇백 원 하는 생맥주에 노가리 안주로 한잔 하거나, 막걸리에 파전을 곁들여 담소를 나누면서 책 내용에 대한 자기 자신의 내용을 발표하기도 했다. 세상 살아가는 소소한 이야기, 독재 정치에 대한 데모 이야기뿐 아니라 각자 나름대로 철학적 논쟁을 하기도 했다. 편집부 동아리에서 함께 문학과 철학, 사회과학을 얘기했던 대학 친구들은 지금은 대학교수로, 개업의로, 항공사 의사로 열심히 살고 있고 가끔은 연락하여 만나는 평생의 친구들로 남아있다.

동아리에서 내가 미리 읽고 발표한 책 중 기억나는 것의 하나는 '소유냐 존재냐'라는 에리히 프롬의 저서였다. 우리가 자본주의적 소유지향적인 삶을 살면서 삶에 대한 소외 현상이 일어나므로 존재적 지향으로 살아야 진정한 자기 인생의 주인이 된다는 내용의 책이었다. 이를테면 길가에 핀 아름다운 꽃을 여러 사람이 함께 보고 감상하는 것으로 만족해야지 꽃을 꺾어 자기 손에 넣거나 집으로 가져오는 순간 소외현상이 일어난다고 했다. 진정한 존재적 삶을 위해서는 소유적인 삶을 포기하는 인생을 건 결단이 필요하다는 것이다. 이후 '소유냐 존재냐'라는 책은 나의 인생의 멘토 책 중의 하나가 되어 덧없는 욕구가 나를 휘감아 올 때 중심을 잡도록 하는데 큰 도움이 되어 주었다. 한편 고등학교 국어 교과서에 일부분이 실렸던 마르크스 아우렐리우스의

'명상록'은 지나친 욕심, 무기력, 사는 것이 힘들거나 죽음의 공포가 가끔 엄습할 때 큰 위로가 되는 책이다. 유시민 작가는 무인도에 마지막으로 가지고 가고 싶은 책 한 권을 고른다면 칼 세이건의 '코스모스'를 꼽았다고 하는데 나는 지구의 마지막 날이 오거나 삶이 얼마 남지 않았다면 '코스모스'와 '마르크스 아우렐리우스의 명상록', 그리고 아직까지 확신은 없지만 성경을 읽으면서 마음을 가다듬고 싶다.

내 젊은 날 와 닿은 소설로는 이 세계를 디자인했다고 생각하는 신에 대한 도전과 반감, 허무에 대한 나의 마음을 대변해 주었다고 생각한 이문열 작가님의 '사람의 아들'이 있다. 아하스 페르츠는 내가 젊은 날 가지고 있던 유사한 많은 의문점을 책에서 예수님에게 물어보았던 것 같다. 인간의 유한성, 사람의 고통, 번뇌. 예수 당신은 신으로서 인간의 이러한 좌절과 고통을 알기나 하는지? 언제까지 우리는 고통과 기다림, 좌절과 허무함이 없는 새로운 세상이 오기를 기다려야 하는지? 우리는 2,000년 오랜 시절 동안 메시아를 충분히 기다리지 않았던가? 언제까지 새로운 세상이 올 것이라고 참고 기다려야하는지? 나의 의문과 속 터짐을 아하스 페르츠가 속 시원히 예수께 대신 질문해 주고 있다. 대학교 때 구입하여 읽었던 이 책은 이후로도 새 책을 사서 한두 번 더 읽어 보았던 기억이 있다. 십여 년 전 내가 몸이 매우 아팠을 때 읽었던 '모리와 함께 한 화요일'에서 모리와의 문답은 우리가 추구하는 돈, 명예, 권력이 얼마나 무상한가를 잘 보여주었고 다정함, 관심, 사랑 등의 가치는 돈이나 그 무엇으로도 살 수 없는 것임을 알게 하고 내가 세속적 욕망에 꿈틀거릴 때 나를 다그치곤 했다.

요즘은 법륜 스님의 '행복', '인생수업' 등의 책이 나에게 큰 도움이 되고 있다. 법륜 스님의 책을 5년 전 서울시청 직원에게 선물 받은 이후 법륜 스님의 팬이 되었다. 특히 인간관계의 어려움이나 존재의 의미에 대한 고민으로 어려움에 부닥쳐 있는 시절 많은 해답을 주었고, 이후로 나는 좋은 지인들에게 법륜스님 책을 많이 선물해 오고 있으며 유튜브를 통해 많은 영상을 보고 있다. 그 밖에도 한비야 님의 '그건 사랑이었네', 마이클 센델의 '정의란 무엇인가?', 리처드 도킨스의 '이기적 유전자', 법정스님의 '혼자 사는 즐거움', 섬진강 시인 김용택 님의 5권 시집 전집도 나에게 좋았던 책들이었던 것 같다.

내가 다른 사람보다 특별히 많은 책을 읽은 것도 아니고, 어찌 보면 특정 분야를 상당히 편식하는 독서습관이 있었다. 하지만 몇몇 책들은 많은 위로와 깨달음을 주었고 삶에 큰 도움이 되었다. 책에서 얻은 깨달음은 나의 실생활에서 반영이 오래가지는 못했지만 내가 살아가는 중간중간마다 가끔 자극이 되어 주었다. 읽기 난해했던 고전도 대부분 완독에 실패했지만 지금 와서 생각하면 도전은 큰 의미가 있었던 것 같다. '이기적 유전자'라는 책을 내가 대학교 때 읽었다면 나의 인생이 많이 달라졌을 것이라는 생각이 든다.

해부학 실습 하던 날

처음으로 사람에 대한 해부학 실습이 실시되는 어느 날이었다. 의대 들어와서 처음으로 사체와 접하게 되는 카데바 해부 실습이다. 심적으로 버텨내지 못하고 실습실에서 뛰쳐나가 버리는 학생들도 있다는데 내가 과연 잘 해낼 수 있을까 하는 걱정이 있었다.

우리 실습 조 8명에게 맡겨진 시신은 돌아가신 50대 후반 여자 분으로서 무연고자였던 것으로 기억된다. 기증자를 위한 묵념의 시간을 갖고 상완(팔)부터 해부가 시작되었다. 10명 이상의 사체 카데바 해부 실습이 동시에 이루어지는 실습실에서는 포르말린 냄새가 진동했다. 첫날 실습은 팔에서 근육을 분리해 내고 상완 신경총Brachial plexus을 찾아내는 실습이었다. 생각보다 대부분의 학생들이 열심히 한다. 특히 남자 학생 중에는 심적으로 조금 힘들어하는 아이들도 있는데 오히려 여자 학생들은 대부분 당당하다. 우리 모두 격리Isolation라는 방어기제를 잘 쓰고 있었는데, 다가올 땡시험이라는 실습시험과 잘못하면 1년 의과대학을 더 다녀야 하는 유급에 대한 압박감이 있었기 때문이다. 심지어 엄숙해야 할 실습실에서 심하게 떠들다가 실습실 구석에서 단체로 손을 들고 서 있으라는 조교님의 벌을 받은 실습조도 있었다.

사체의 피부를 절개하고 들어가니 이두박근, 삼두박근, 상완 신경총이 들어났다. 다음 주에 땡시험 본다하니 어쩔 수 없이 나도 열심히 따라 한다. 산자는 역시 죽은 자를 물건처럼 의식 속에서 타자로 잘 분리하는 것 같다. 아니면 다음번 시험에서 통과하기 위한 산자의 동물적 생존 본능이었을까.

실습이 끝나고 점심시간이 되어 우리는 점심을 먹으러 끼리끼리 식당에 갔다. 당시는 주로 학교 식당에서 가격이 저렴한 백반을 먹거나 학교 밖 식당에서 떡라면을 즐겨 먹었는데 그날은 목구멍으로 밥이 넘어가지 않았다. 그 이후로 거의 한 달 동안 장조림과 같은 고기를 먹지 못했다. 색깔이 너무나 카데바 사체와 유사했기 때문이다. 과연 나는 사후에 나의 사체를 인체 해부에 내놓을 용기가 있을까? 현재로서는 각막은 꼭 기증하고 싶다. 다른 것은 아직 자신이 없다. 나에게 인체의 해부학적 구조를 익히게 도와주신 기증자 분께 감사의 마음을 가지며 그로 인하여 내가 다른 사람을 치료하고 고통을 덜어주는 의업에 도움이 되었으니 빚을 많이 지었다고 생각한다.

의과대학의 공부는 악착같이 한 편은 아니었다. 시험 기간에 유급을 면하기 위하여 밤을 새우기도 하였지만 소위 말하는 족보(야마) 문제집도 나중에야 겨우 얻을 정도였고 나는 약삭빠르게 행동하는 것이 싫었다. 1학년 시절 생물 60점으로 유급을 겨우 면하고, 유기화학 재시험에 걸려 크리스마스 때 중앙도서관에서 공부해야 했던 아찔했던 순간이 기억난다. 저학년 때는 사회적 이슈에 대한 관심사가 많았고 공부보다 다른 철학적 고민이 많았다. 하지만 고학년에 올라가서는 열심히 공부하여 졸업성적은 상위권에 들었던 기억이 있다.

사체 해부를 하는 해부학 실습은 나에게 내가 의대생임을 처음으로 각인시켜준 시간이었다. 아직도 카데바 해부를 생각하면 포르말린 냄새가 진동하는 해부학 실습실이 떠오른다. 2,000건 이상의 사체를 부검한 법의학자 유성호 선생님은 거의 매일 죽은 사람을 마주하고 부검하는 일과를 하면서, 우리가 유한하다는 것을 좀 더 진지하게 생각하면 인생의 순간순간이 좀 더 진지할 것이라고 말한 방송을 최근에 본 적이 있다. 몸을 우리들에게 내어 주시어 우리의 해부 실습 대상이 되시고, 내가 현재 의사 노릇을 하는 데 큰 도움을 주셨던 당시 50대 후반의 사체 기증자분께 머리를 숙여 감사의 말씀을 다시 한 번 드린다. 나도 나의 사후 몸을 기증하여 자라나는 의대생들에게 해부학 실습을 할 기회를 주는 보시를 할 용기는 있는 것일까?

가자 백기완과 함께 민중의 시대로

고등학교 시절 나는 정치, 사회에 관심이 많았고 기성세대의 틀에 대하여서도 '제임스 딘' 식 반항심도 많았던 것 같다. 당시에도 전두환 대통령이 독재자라고 생각했었던 같고, 정부의 기관지 역할을 했던 것으로 기억되는 모신문에 대하여서는 당시 선생님께 너무 하는 것 아니냐는 질문을 던진 적도 있었다.

대학교 2학년쯤 되었을 때 전국교직원 노동조합이 결성되었는데, 당시 나는 나의 고교 졸업생 대표로 한겨레신문에 ○○고등학고 졸업생 일동으로 지지성명 광고를 낸 적이 있었다(지금 전교조에 대한 나의 생각은 변했다). 대학교에 와서 나를 추동한 생각은 세계는 해석의 대상일 뿐만이 아니라 변혁의 대상이기도 하다는 점이었다. 당시의 시국과 맞물려 현재 세계를 변화시켜 다시 이 세상을 재해석할 수 있다는 변증법적 세계관에도 관심을 두게 되었고, 그 와중에 인간이 해방될 수 있겠다는 청춘의 이상이 꿈틀거렸다. 사회참여 문제였다.

　사회과학 필독서로 여겨졌던 철학 에세이, 해방 전후사의 인식, 변증법적 세계관 관련 책을 접하게 되었고 정치인 이OO 씨가 운영하던 OO학교를 청강하고 노동자 대상 야학도 몇 번 참가하게 되었다. 당시 재야에 3명의 명망가가 있었는데 김OO, 이OO, 장OO 씨였다. 청계피복에서 일하다 분신한 전태일 열사의 대학생 친구였던 장기표 씨의 '우리 사랑이라는 이름으로 만날 때'라는 책은 의식화 교육이 아니더라도 부드럽게 접근할 수 있는 사회 교육의 초급교재로 여러 사람에게 나누어 준 적이 있었다. 가끔 대자보도 직접 써서 붙이기도 하고 소위 의식화 교육도 많이 참가하게 되었다. 지금 와서 생각하면 이러한 시도가 나의 중고등 사춘기 시절의 사변적이며, 존재론적 고민의 해결을 외부에서 찾으려던 시도였던 것 같다.

　당시 학교 해방광장에서 있었던 총학생회나 민주 총학생회 데모에 가끔 참가하기도 하였지만 적극적이진 못했다. 소심한 마음 그리고 내가 데모를 하는 것을 알기만 하시면 가만두지 않으실 고생하시는 부모님이 떠올랐기 때문이다. 적극적으로 참여는 못 했지만 나는 몇 명 안 되는 의대생 집회 참가자였다. 집회 장소 제일 뒷자리에 앉아서 박수를 치거나 소극적으로 구호를 외치는 정도였다. 가끔은 학교 교문까지 진입한 경찰에 맞서 돌을 던지고 도망치다가 최루탄에 눈물, 콧물 흘리던 적도 여러 번 있었다. 당시 80년대 중반 학번 학생들의 흔한 일상이었다. 은어로 FB(Fire bottle)였던 화염병은 겁나서 한 번도 던져보지는 못했다.

"군부독재 타도하고 민주정부 수립하자."
"파쇼하에 개헌반대 혁명으로 제헌의회."

6·10 항쟁이 있었고 87년 7·8·9 노동자들의 대투쟁이 시작되었다. 울산의 현대자동차에서 시작되어 서울지하철, 부천, 인천부평으로 들불처럼 번져나갔다. 의료 활동(봉사)하러 부천 약대동 소재 모 교회로 버스를 타고 가다가 바라본 창밖의 풍경이 아직도 선하다. 춘의동 모든 공장들이 빨간 스프레이로 파업을 선동하는 문구로 장식되어 가동되는 공장은 거의 없었다. 노동자들이 본인들의 의사 표현을 해방 이후 처음으로 실현한 시기였다.

6·29선언이 있었고 결국 그해 겨울 대선에 야권 단일화가 안 되어 김영삼, 김대중 씨가 선거에 모두 나왔다. 동아리 선배는 좀 더 진보적인 김대중 씨를 찍자고 나를 설득했다. 그러던 중에 백기완 씨가 대선에 나온다고 했다. 선전 선동의 달인이셨고 강연에 한번 참가했는데 너무나 속 시원한 말을 잘하셨다. 차가운 겨울철 대학로를 가득 채운 수만 명의 군중은 땅바닥에 신문지를 깔고 앉아 민중후보 백기완을 연호했다. 왕조 시대를 지나 당시까지 진행되던 지배자의 피지배자에 대한 독재체제에 대한 전면적인 저항운동이었다.

"가자 백기완과 함께 민중의 시대로"

당시 마음에 와 닿은 문구 중 하나는 민중을 해방시키기 전에 네

대가리부터 해방시키라는 말이었다. 나태함, 이기심, 게으름, 교만함 등등.

집회의 끝은 사랑도 명예도 남김없이로 시작하는 '임을 위한 행진곡'으로 마무리 되었고 가두행진을 하면서 민중해방을 외쳤다. 대학로는 인산 인해였고 해방구였다. 많은 노동자, 농민, 도시빈민 단체가 참가를 했었다. 당시 참가한 단체들은 대부분 기층 민중들과 단체들로 생존권과 기본적 권리 쟁취를 위한 투쟁을 하였고, 정의감에 불타는 나에게 젊은 날 해야 할 일이 있음을 보여주었다. 당시 민중들은 생존권 차원의 투쟁이었고 살기위한 몸부림이었다.

얼마 전 백기완 선생님이 돌아가셨다고 한다. 젊은 날 나의 사회참가는 지금 와서 생각해보면 사실 휴머니즘 차원에 가까웠지만 백기완 선생님은 자본주의 사회의 구조적 모순을 근본적으로 해결하시려고 최근까지 노력하시던 분이였던 것 같다. 그러한 면에서 나는 백기완 선생님과는 지금은 생각이 좀 달라졌지만 존경스러운 어른이셨다.

나는 고학년이 되면서 관계론적 구원보다 원래의 존재론적인 고민을 하는 원래의 나로 돌아가고 있었으며, 의사로서의 속물근성도 내 몸과 마음에 자라나고 되었다.

신식국독자, 식민지 반봉건

1980년대 사회변혁 운동권 세력의 큰 이슈 중 하나는 소위 말하는 사회구성체 논쟁이었다. 우리 사회가 도대체 어떠한 정체성을 가지냐 하는 문제는 변혁에 대한 전망의 차별성을 가지고 왔다. 하지만 사상이 무섭다는 것이 당시에도 정파가 다르면 거의 적에 가깝게 서로 날카롭게 대치하였다. 책 몇 권 읽은 것으로 사상무장한 먹물들의 이념 전쟁이 벌어진 것이다. 우리 사회가 고도성장을 하면서 미국 등의 제국주의 세력에 대하여 상대적인 독립성을 가지면서 독점재벌만 살찌우는 '신식민지 국가독점자본주의 사회'냐 아니면 아직도 미국의 식민지이면서 봉건적 잔재가 남아 있는 '식민지 반봉건 사회'냐 하는 논쟁을 하게 되었고 이들 간의 논쟁은 끊임없이 수십 년을 흘러 최근까지 영향을 끼치고 있다. 신식국독자 세력들은 민중민주주의People Democracy=PD나 소수 제헌의회 그룹Constitutional Assembly=CA으로 크게 대

별되었던 것 같고, 식민지 반봉건 세력은 민족해방 National Liberation=NL
을 목표로 내세웠다.

민족해방 그룹은 헌신성이 강했던 것으로 기억하고 어머니와 같은
심성과 주관적 헌신을 강조했다. 한번은 민족해방 그룹 학교 선배가
김일성 주체사상을 공부해보지 않겠냐 하는 권유를 해서 깜짝 놀랐고
말로만 듣던 김일성 평전도 잠시 본 적이 있었다. 또 한 번은 모 출판사
의 간부라는 분을 학교 앞 다방에서 만났는데 노골적인 주체사상 관
련 학습 권유도 있었다. 서울대 나왔다고 기억되고 변혁운동에 상당
히 헌신적이고 확신에 찬 모습이었다. '자주를 기반으로 민주를 중심
으로 통일을 향하여'라는 문구와 '사람 중심의 사상'이라는 선동은 항
상 단골 간판이었다.

한편 소위 말하는 민중민주 계열은 소수이기도 하였고 사회주의로
의 전환을 표방하는 이념적 과격성이 있었다. 사회변혁 운동을 하기
위한 사람에 대한 접근이 세련되지 못하고 관념적인 선언이 많았던 것
같았다. 민족 해방 그룹에서 주장하듯이 '운동은 사람 사업이다.'라는
말은 비단 운동권의 이야기뿐만이 인간관계 일반 조직론에도 통하는
말이었다. 그러기에 당시에 NL그룹이 한국적 민족주의와 결합하여
한국 운동권 세력의 다수 주류로서 자리를 잡았고, 지금도 변형되어
한국 정치에 영향을 끼치고 있다.

당시 나는 주체사상을 공부하자는 권유를 듣고는 하나의 개인을 신
격화한다는 것이 정서상 맞지 않았다. 그 다음부터 오히려 '사람중심

의 사상'이라는 문구를 들으면 반감이 들었고 그 알레르기 반응은 지금도 남아있다. 요즘 어느 지자체에 가면 '우리 시는 사람 중심 도시'라는 문구가 있는 육교 현수막을 볼 수가 있는데 혹시나 구청장의 코드가 NL일까하는 철 지난 사상 의심을 하기도 했다. 우리가 사는 세상이 사람이 중심이지 그 어떤 것이 중심일 수 있겠는가?

변혁을 위한 당시 사상 전쟁은 우리 사회 변화의 전망에 대한 경쟁적 고민을 가져왔지만, 소위 말하는 먹물들의 지적 유희가 된 부분이 분명히 있다. 그럼에도 어쨌거나 세상을 변화시키고자 하는 당시 학생운동권 세력의 노력은 정말 처절하기도 했고 사회 민주화에 큰 도움이 되었고, 전면에 나서지 못한 나로서는 부채의식도 있다. 하지만 한편으로는 본인들이 진정으로 행복한 삶을 위한 자아실현 투쟁 과정이었음도 부인할 수 없을 것이다.

당시의 많은 분이 현재 국회의원 등 사회 요직에 아직도 많다. 우리 정치가 그리고 우리나라가 한 단계 더 발전하려면 80년 운동권 학번 세력이 물러나고 새로운 젊은 리더십의 시대가 와야 한다고 요즘 자주 생각한다. 이제는 젊은 날 민주주의를 위한 투쟁에 대한 보상 시효는 이제 거의 끝나가지 않나 싶다. 남을 위한 희생도 나의 구원을 위한 이기적 유전자 속에 코딩되어 있는지도 모른다. 물론 이러한 이기적 밈적 유전자는 앞으로도 권장할만하며 인간의 역사에서 중요한 임무를 수행해 왔다고 생각한다. 우리에게는 이영희 교수가 말했듯이 '포기할 수 없는 휴머니즘과 참을 수 없는 이기주의'가 같이 상존해 있기 때문이다.

부천 약대동 의료봉사 활동

　대학교 본과 2학년 시절 학교 의료봉사 동아리의 대표가 되었다. 우리 동아리는 부천 약대동 판자촌 동네(지금은 아파트촌으로 변함)에 있는 OO의 교회로 일요일마다 수년째 나가는 의료봉사 동아리였다. '사랑의 지역의료' 라는 이름의 동아리였다.

　당시 우리가 방문한 교회는 소위 말해서 사회적 의식이 있는 노동자 분들이 주로 다니는 개척교회였고 나는 동아리에 가입한 지 3년여간 일요일에 거의 한 번도 빠지지 않고 참가를 했던 기억이 있다. 사실 큰 취미도 없었던 나로서는 그리고 의대생 봉사활동에 관심이 많았기에 매주 일요일 날 참가하는 것은 어렵지는 않았다. 무료진료 안내지를 만들고 풀칠을 해서 전봇대나 게시판 대에 붙이면 일요일 오후에 10여 명의 환자들이 교회로 오셨다. 인턴이나 레지던트 선배들이 진료했고 우리 의대생이나 간호대생 후배들은 약을 싸는 역할이나 혈압, 혈당을 재는 역할을 했다. 전 국민 의료보험 제도 시행 전에는 한나절에 수십 명 이상의 환자분들이 오셨는데 의료보험 제도 개시 후에는 환자들이 점점 줄었던 것으로 기억한다.

상품의료 배격, 노동자 건강권 쟁취라는 슬로건으로 일종의 보건 의료분야에서 민주화 운동을 하는 것이 당시 우리들의 목적이었다. 노동운동과 의료운동의 결합의 목적도 있었지만, 순수하게 어려운 분들에 대한 낭만적 봉사 개념으로 참가하는 학생들도 많았다. 졸업 후 의사가 된 선배 분들 중에서도 휴머니즘을 실천하고자 봉사활동 나오시는 분들이 많았고, 후배들 밥 사주러 나오시는 의리의 선배님들도 계셨다.

당시 일요일마다 거의 매일 내소하는 단골 할아버지가 계셨다. 몇 년간 혈압이 높으셔서 일주일마다 오시어 혈압도 재시고 '다이크로짇'이라는 약도 타 가셨는데 어느 때부터인가 오시지를 않으셨다. 이 할아버지는 우리 무료 진료소의 상징적인 고객이셨다. 궁금해서 나중에 수소문해보았지만 알 길이 없었다.

교회 진료소에 오시는 분들 상당수는 젊은 노동자분들이고 대부분 공장에서 일하고 노동운동을 하시는 분들이 많았다. 감기나 위장관 질환 등으로 대부분 오셨고, 진료소 환자가 너무 없을 때는 우리를 격려해주려고 일부러 환자의 역할을 하러 오시기도 하셨다. 처음에는 우리가 의대생이라는 점에서 자격지심을 가지시면 어떨까 걱정도 했지만 기우였고, 대부분 성격이 원만하셨고 고졸 취업자뿐 아니라 대졸 후 공장에 의식적으로 취업한 분도 계셨다.

목사님은 30대 초반으로 젊으신 분이고 잘생겼고 항상 자신감에 차 있었다. 나중에 들은 이야기로는 이 교회에서 목사님이 결혼식을 하셨다고 하며 '님을 위한 행진곡'이 신랑신부 입장곡이었다고 한다.

봉사활동이 끝난 후 집으로 돌아가는 시간에 길이 어둑어둑해지면 선배님들은 약대동 조그마한 분식집에서 간식을 사주셨다. 만두, 찐빵, 라면. 나 같은 후배들로서는 이 시간이 은근히 기다려 졌다. 시외버스를 타고 부천에서 광명으로 돌아오면서 내 자신에게 묻곤 했다. 내가 의미가 있는 일을 하고 있는 걸까? 우리 마음의 만족을 위함일까? 하지만 당시 우리 동아리 멤버들은 행복했고 조금은 의미가 있는 대학생활을 하고 있다고 생각했다.

'사랑의 지역의료'라는 동아리는 그로부터 2년 후 내부적인 토의 끝에 실효성 측면을 고려하여 의료봉사 활동을 종료하며 해산되었다. 시혜성 차원의 주말 방문 진료가 더 이상 의미가 없고 생산적이지 않다고 모두 생각했기 때문이다. 하지만 당시에 같이 했던 멤버 4명은 30년이 지난 요즘도 가끔 식사 모임을 하고 있고, 인생의 선후배 동반자로서 좋은 인연을 유지하고 있다. 나는 동아리 막내로서 항상 도움을 많이 받는 편이다.

현재 생각해 보면 의대생 시절 부천 약대동 의료봉사 활동 4년간의 기억은 처음에는 내 마음의 만족에서 시작하였던 활동이지만, 내가 인간적으로 성장하는 데 큰 도움이 되었던 소중한 경험이었다.

탄알 일발 장전

　나의 대학교 시절 대학생 대상으로 전방입소 체험과 문무대 입소 프로그램이 있었다. 집권세력의 여러 가지 정치적인 목적이 있었던 제도였다. 전방 입소 거부 운동과 문무대 입소 거부 운동이라는 것도 있었고 나도 소극적으로 참가를 했다.

　나는 똑같은 제복을 입고 획일적 상하관계가 지배하는 군대조직 문화가 싫었고 국가주의가 싫었다. 하지만 국가가 존재하는 한 나의 국방의 의무는 다해야 했고, 당시 6개월 방위(단기사병)로 갔다 올 수 있는 제도가 있었다. 간호 장교로서 돌아가신 둘째 누나 덕분에 우리 집은 보훈 가족이 되었고, 그 혜택으로 나는 의사로서 공중보건의나 군의관으로 가지 않고 6개월의 짧은 군 생활을 마칠 수 있었다.

　나는 사실 국가의 존재가 지금도 필요악이라 생각하고 있고 국가적,

민족적 배타주의를 싫어하는 사람이다. 축구 한일전이나 한중전이 벌어지면 맥주에 새우깡 안주로 열렬히 우리 대표 팀을 응원하는 평범한 한국인이지만, 돌아서서 생각해 보면 역사적으로 국가주의, 민족주의는 세계평화나 인류의 행복에 도움이 되지 못할 때가 많았다. 제1, 2차 세계대전만 보더라도 그렇고 요즘 세계에서 지금도 벌어지는 국지 전쟁도 그렇고. 한편으로는 역사의 발전 단계가(역사가 반복하는 것이 아니라 발전한다는 전제 아래) 아직 이러한 수준밖에 도달하지 못했음에 어떡하랴. 우리와 경쟁하는 다른 나라가 있다는 것을 생각하면서 나는 교육되거나 또는 본능적으로 느끼는 한국인으로서의 도리와 보편적 세계인간으로서의 이성적 가치체계에 자주 혼동을 느끼는 편이다.

군 훈련소 입소 날 자유 분망한 대학생활을 뒤로하고 머리를 빡빡 깎고 어머니, 형과 함께 훈련소가 있는 경기도 모 부대로 1시에 맞추어 입소했다. 1시까지 입소해야 한다는 사전 안내문이었지만 대부분 입소자들은 미리 입소하여 작대기 둘 일병들의 설명을 듣고 있었다. 작대기 둘 일병이 정말 무서웠다. 마감 시간에 딱 맞추어 입소했다고 군기가 빠졌다며 오리걸음을 한 1km 시켰다. 평소 운동을 전혀 하지 않았던 몸이라 다음날부터 다리와 허벅지에 알이 박히고 걷기가 힘들어졌다. 사회에서 임상병리사였다는 내무반 동료가 파스를 가져왔다기에 좀 빌려달라고 했지만 빌려주질 않았다. 하기야 당시만 해도 건빵 한 봉지가 아니라 건빵 한 알 갖고 싸우게 하는 동물적 훈련소 분위기였으니까.

　얼마나 군기가 쎄게 들고 긴장했던지 변비가 생겨 한 열흘 동안 화장실에서 변도 나오지 않고 배도 아팠다. 변이 나오던 날은 팬티를 푸세식 화장실에 버리고 새 팬티로 갈아입고 화장실에서 나왔다. 소변이 약간 고동색 빛깔을 띠는 날이 초반 며칠 있었다. 지금 와서 생각해보면 안 쓰던 근육을 많이 사용해서 근육이 녹아 근육융해증이 생겼던 것 같고, 상당히 위험한 상태였던 것 같다. 왜냐하면 훈련소에서 강제적으로 시행한 헌혈 당시 시행한 혈액 검사 결과지가 나중에 집으로 날라 왔는데 GOT/GPT 수치가 상당히 높았던 것으로 기억되어 의심을 가지게 되었던 것이다. 간이 안 좋은 것이 아니라 근육효소가 녹았던 것으로 생각되었다.

　훈련소 생활 3주차 쯤 국회의원 총선 지방선거를 훈련소에서 하게 되었고 간부급 장교한테 일장 훈시를 들어야 했다. 결론은 국가의 안정을 위하여 여당을 찍어야 한다는 논리로 들렸고 그렇지 않을 때에는 불이익이 갈 수도 있다는 반 협박조의 훈시였다.

　사람에게는 리비도와 타나토스의 본능이 있다. 리비도를 발산할 수 없는 군대라는 특수적 환경에서는 적에 대한 공격적 본능을 자극하는 타나토스만이 남을 수밖에 없다. 과거에도 그랬지만 군대라는 특수한 조직의 상황은 어쩔 수가 없는 것이다. 그러한 면에서 훈련하는 중간 휴식 시간에 "탄알 일발 장전"이라는 구호를 하면서 담배를 권장하며 한 대씩 피우라는 것을 권유하는 교관의 지시는 리비도를 억제하고 남성적 타나토스만을 강조하는 것으로서 프로이트가 말한 어릴 적 구강기로의 퇴보 유도가 아닌가 싶었다. 요즘은 군대에서도 금연에 대한 홍보와 치료가 이루어지고 있다지만 당시는 담배를 피우는 것이 남자다움과 전투력을 향상한다고 생각했었던 것 같다.

한편 요즘 우리 유행가요 가사를 보면 90% 이상은(?) 사랑 타령(일부는 노골적인 가사도 있고)이다. 이성애가 인간의 감정에 중요한 부분을 차지하고 젊은 날의 이성애가 있으므로 인류가 번식하고, 후손을 낳아 호모사피엔스라는 종류Species가 지구에서 유지되므로 나쁘다고만은 할 수 없다. 자연이 설계한 중요한 세계운영 디자인이다. 이성 간에는 키, 성기, 체형, 목소리, 피하 지방 등이 달라 이성임을 인지하고 이성에 대한 호감을 가지고 성행위가 이루어져 인류의 존속이 이루어진다. 자연은 연출자이며 인간은 배우인 셈이다. 물론 이러한 자연의 법칙을 전면적으로 거부하는 미혼 족들이 요즘 많이 늘어나고는 있지만.

타나토스에 관하여 이야기해보자면 요즘 시중에서 판매되는 온라인 게임의 상당수가 파괴하고 전쟁하는 것들이다. 리비도에 대하여서는 공연윤리가 엄격하여 노골적인 성적 묘사가 나오는 영화에는 19세 이상 관람가가 많지만, 사람의 공격본능에 관한 타나토스에 대하여서는 살인행위가 나오는 영화도 노골적이지 않으면 15세 이상 관람가도 많다. 내가 하고 싶었던 타인에 대한 공격본능과 전쟁을 자극적인 온라인 게임으로 대리만족하는 것 같다. 왜 사람은 그러한 자극적 게임에 흥미와 카타르시스를 느낄까?

우리 유전자 속에는 분명 프로이트가 말한 2가지 본능이 크게 버티고 있는 것 같다. 이러한 것들이 난잡히 이루어지면 힘센 사람만이 살아남는 동물의 왕국이 되고 지속 가능한 사회가 될 수 없기에 법과 치안이 존재한다는 주장도 일정 부분 맞는다고 생각한다.

나는 지금도 군대라는 조직이 한 국가가 존재하기 위한 필요악이라고 생각한다. 총검술도 어찌하면 남을 잘 죽이기 위한 연습을 하기 위한 것인데 우리는 고등학교 시절까지 교과 과정에서 총검술을 배웠다. 한편으로는 국가가 존재하는 한 군대라는 제도는 사회 구성원들의 합의하에 존재할 수밖에 없다는 점도 인정한다. 역사의 진보가 엄청 이루어지지 않는 한 나와 가족, 우리 사회 구성원들의 안전을 근거해주는 군대는 존재할 수밖에 없다. 그리 생각하면 군인이라는 직업도 누군가는 해야 하는 소중한 일이다. 군대는 사회의 안정과 커뮤니티의 생존을 위한 역사의 현 단계에서는 필수적이다. 인류의 역사는 그 수준까지만 발전(?)했고 예상하건대 앞으로도 지구 상에서 인간이 존재하는 동안 치안유지 만을 위해 소수의 군인과 경찰만이 존재하는 세계국가는 오기 어려울 것이다. 그러기에는 동물학적 인간의 본성이 너무 다양하다.

인간모니터 의사

　나는 의업을 함으로서 나 자신의 경제적 생계를 유지하고, 당시에 그 자체가 선이라고 내가 생각했던 타인에 대한 의료적 도움을 통하여 신이라는 존재에 대한 맹목적 믿음 없이 선한 행위만으로도 구원을 받을 수 있으리라는 막연한 생각으로 의사라는 직업을 선택한 점이 있었다. 나중에는 의사라는 직업에 대한 선민의식과 교만함도 생겼다. 하지만 사실 의사라는 직업 외에도 쌀을 재배하고 제공하여 우리가 먹고 살게 해주는 농민들이나, 소를 도살하여 우리에게 양질의 단백질을 제공해주는 도축업자나, 아파트를 짓는 공사현장에서 이른바 노가다를 해서 우리에게 따뜻하게 살 보금자리를 마련해 주는 노동자들도 타인의 생존에 대하여 큰 기여를 하고 있는 것이다. '대부분의 노동에는 타인에 대한 기여가 있는 것이다'라는 단순한 사실을 알게 되기까지는 수십 년이 걸렸다.

나는 결혼 전까지 보수적인 가정환경과 가정 경제적 어려움, 또한 내성적이고 소심한 성격에 일상에서의 이탈은 항상 일정한 선을 넘지 못했다. 대학 시절, 전공의 시절도 마찬가지였다.

소아청소년과를 내가 전공과목으로 선택한 이유는 일단 내과계 부분을 전공하고 싶었고 다른 과목에 비해 경쟁이 적었고(전공의 재수라는 이탈은 내 자신과 우리 집에서 허용되지 않았다) 인턴 시절 내과에서 너무 아프고 초라해 보이고 냄새나는 노인 환자들에 대한 진료에 자신이 없었기 때문이었다. 그리고 당시 굶어 죽지 않고 사는 것이 삶의 목적이 되어버린 소말리아 어린이들에 관한 언론 기사가 많이 나왔고 소아과 의사가 되어 세계보건기구(WHO)에서 일하거나 아프리카로 파견되어 일해보고도 싶었다. 하여튼 당시 많은 동료 의대생들과 전공의들은 돈을 밝히는 약삭빠른 속물로만 보였다. 내가 자라난 환경에서 비롯된 세상에 대한 편견이 있었다.

전공의 시절은 나의 소극적, 내성적 성격이 많이 바뀐 시기였다. 환자와 보호자를 상대로 하는 의사의 직업 특성상 이전보다 활발한 소통 능력이 필요했고 그러한 능력이 훈련되었다.

아산병원 전공의 시절 나의 별명은 환자의 상태를 24시간 관찰하는 '인간모니터'였다. 몇몇 동료 의사들이 나를 비꼬면서 그렇게 불렀다. 환자를 관찰하는 의료기기 모니터가 아니라 내 자신이 모니터가 되어 환자 주변을 떠나지 않고 계속 상태를 살폈다는 의미였다. 환자의 상태가 좋지 않으면 불안해서 그 곁에서 잠도 자지 않고 환자의 상태를 살폈다.

그러면 환자와 그 가족들은 좋아했지만, 다음날 업무에 나는 체력적인 부담이 되었고 한편으로는 신속한 판단과 결정이 미루어지는 나의 업무 형태가 싫기도 하였다. 인간모니터라는 나의 별명은 일면으로는 나의 성실함에 대한 칭찬이기도 했지만 과감한 결정을 하지 못하는 나의 성격을 적나라하게 드러내는 별명이었다.

요즘은 병원 OCS(Order Communication System)가 있어 모든 의무기록이 전산화되지만 당시만해도 종이챠트에 일일히 기록해야했다.

레지던트 전공의 업무를 꼼꼼하게 하다 보면 밤 12시는 되어야 다음날 오더를 낼 수가 있었고, 그러다 보면 새벽 2시 넘어야 일이 마쳐지고, 6시에 겨우 일어나 아침 회진 준비하고, 아침 회진 후에는 너무 졸려 1-2시간 자고. 이러한 악순환이 반복되었다. 지금 생각하면 나의 업무 속도가 느린 것도 있었지만 저임금에 근로기준법과는 거리가 먼 주 120시간 이상 근무를 하면서 인내심을 실험하는 듯한 도제식 전공의 수련 방식에 문제가 있었다고 생각한다. 아직까지도 그러한 시스템으로 현재 환자 치료 핵심 시스템이 유지가 되니 획기적인 변화가 없이는 앞으로도 전공의들의 희생은 계속될 것이다. 휴식 후 맑은 정신으로 수련을 받아야 제대로 된 교육을 받을 수 있는 것이다. 거기에 대한 대안은 수련 병원 교수 정원을 획기적으로 늘려 많은 전공의들이 교수로 남게 하고 거기에 들어가는 재원은 국가가 충분히 지원해야 한다는 것이 나의 생각이다.

전공의 시절 의사가 아닌 간호파트의 남자 직원 몇 명과 친해졌는데 한 명은 우연히도 고등학교 동창이었다. 동창 친구와 친해져 미사리 카페촌으로 놀러가기도 했고 운전도 배웠다. 마음이 넓은 친구였다. 다른 직원들과도 격의가 없는 만남을 했는데 지금 생각해보면 권위의식이 있거나 잘난 체하는 의사들보다는 평직원들을 내가 더 편안해 했던 것 같다.

전공의 4년 차, 펠로우 1년 차 때는 모든 것이 제일 자신이 있던 시절이었다. 기도삽관, 중심정맥 삽관 등 모든 술기, 체력과 담력이 최고였고 모든 환자치료에 자신이 있었다. 지금 제일 많이 생각나는 환자들은 혈액종양 병동의 어린이 환자들이다. 당시만 해도 항암치료가 잘 발달되지 않았고, 특히 골수이식이 활발하게 이루어지는 시절이 아니었기에 많은 백혈병 환자 어린이들이 하늘나라로 갔다. 기억나는 환자가 한 명 있다. 10대 소녀였고 재생불량성 빈혈로 반복되는 수혈과 패혈증 치료로 사경을 헤매다 중환자실에서 사망하였다. 당시 기도삽관이 이루어져 있어 말을 하지는 못했지만 사망 며칠 전 본인의 장기를 타인에게 장기이식 시켜 달라고 종이에다 의사표시를 했던 기억이 난다. 아이를 먼저 보내야 했던 환자 어머니의 슬픈 얼굴도 조금 기억이 난다. 그리고 미숙아로 태어나 신생아 중환자실 인큐베이터에 몇 달 동안 키워졌던 1500그램 미만의 많은 신생아도 기억이 많이 난다. 미숙아가 막 태어났을 때 숨을 잘 쉬지 못하면 밤을 지새우면서 폐계면활성제Surfactant를 기도로 넣어주고 동맥혈 가스분석을 하느라 밤을 지새웠다. 24주 700g 정도로 태어난 미숙아의 아버지를 기억한다. 아이는 잘 자라 서너 살이 될 때까지 큰 합병증 없이 잘 컸던 것으로 기억한다. 직장 동료였고 아주 착한 마음을 가지신 분이셨는데 40대 초반 정도에 췌장암으로 돌아가셨다.

나에게 전공의 시절 인간모니터라는 나의 별명은 성실함과 더불어 소심한 성격, 완벽함을 추구하는 나의 불안감, 강박적 성격을 잘 드러내는 말이었다. 사실 나는 당시부터 약간의 강박 신경증이 생긴 듯하다.

경마장 가는 길

20대 후반부터 과천 경마장에 다니게 되었다. 경마에 푹 빠져 있을 때는 매달 한 번 이상은 갔던 것 같고 어떨 때는 경마장 여는 주말이 기다려지기도 했다. 처음 가게 된 것은 경마장 예상지를 제작하여 파는 고등학교 친구를 따라 호기심으로 갔었는데 생각보다 재미가 있고, 처음부터 베팅 후 몇만 원 정도 따게 되니 더 재미가 들렸다. 주로 친구와 같이 가다가 나중에는 혼자 가기도 했다. 흔히 말꼬리 잡으러 가는 것이 시작되었다.

지금도 거의 그렇지만 경마장 입장객의 90% 이상은 남자이고 그 중 대부분은 40대 이상 장년층이다. 일부는 경마장이 운영하지 않는 날에는 경정, 경륜하시는 분들도 계시고 도박 수준으로 몰입하시는 분들도 있었다. 심지어 평일에는 정선 카지노에 가시는 분들도 있다고 들었다. 담배나 마약처럼 중독성이 있는 것이다. 물론 단순 펀이나 스트레스 해소용으로 가시는 분들도 많이 계셨다. 결혼하기 전 경마를 좋아했던 분들은 가정을 꾸리고도 부부끼리 또는 자녀와 함께 방문하기도 한다. 짜릿한 스릴을 맛보기 위한 여가 생활일 수도 있고 도박의 연장일 수도 있다.

주말 경마장이 개장하고 시간에 맞추어 경마장 정문이 열리게 되면, 마치 지구의 마지막 날인 것처럼 사람들은 뛰기 시작한다. 좋은 관람 좌석을 차지하기 위한 사람들 간의 쟁탈전이 벌어지는 것이다. 경마장에서 베팅하는 순간은 마치 고스톱판에서 어떠한 걱정과 삶의 고통도 느껴지지 않듯이 시간이 잘 가고, 한 번은 대박을 터뜨려 돈을 벌어 좋은 것을 사 먹고 여행을 가는 꿈에 부풀게 된다. 하지만 대부분 사람들은 경주 결과가 나오게 되면 자기가 구매한 마권이 맞지 않아 실망하게 되고, 혹시나 하는 심정으로 바로 다음 경주 베팅을 하게 된다. 경마는 짜릿함과 스릴을 즐기는 인간의 본성과 닿아있다. 대부분 결국 다 잃을 것임을 알지만 이번만은 한번 대박이 터질 것이라 믿고 경마장으로 주말이면 가고 하루 종일 베팅을 하게 된다.

경마에는 여러 가지 용어가 있다. 선행마는 출발이 빠른 말이고 추입마는 막판 결승전에서 역전하는 뒷심이 좋은 말이다. '마칠 인삼馬七人三'이라 하는데 경주마의 능력 70퍼센트, 기수의 능력 30퍼센트가 승부를 좌우한다는 주장이다. 인생에도 선행마처럼 젊었을 때 꽃을 피우는 사람이 있는가 하면 추입마처럼 가을이 되어서야 꽃이 피는 사람도 있다는 말을 친구가 한 적이 있다. 꽃은 대개 봄에 피는데 가을에 꽃이 필 것이라고 누가 예측이나 할 수 있었을까? 심지어 겨울에 피는 꽃도 있다.

대박을 터트리기 위해 경마장을 가는 것을 '한구라' 하러 간다고 한다. 선행마가 출발 신호가 떨어지자마자 출발한 것을 '땡 받았다' 하고, 끝까지 선행하여 일등을 한 것을 출발해서 '돌아버렸다' 라고 한다. 출전하는 말이 승부를 내서 최선을 다한다는 것을 이번에는 '간다' 라고 표현하고, 경주마의 훈련을 덜 시켰거나 조교사나 기수나 마방의 의지가 없는 것을 '안 간다' 라고 표현한다. 경마장을 몇 년 다녔더니 나도 경마전문가가 되어가고 있었다.

나는 복승식과 단승식을 선호하여 2,000원 정도 베팅하여 몇백 배 배당을 맞추고 100만 원 이상 따본 적이 있었다. 당일 저녁에 가족 소고기 등심파티를 한 기억이 난다. 물론 나중에는 그 이상 잃었지만.

기수 분들은 거의 170cm 미만의 단신인 남자 분들이고(최근에는 여자 기수들도 있다) 체중도 60kg 미만이라야 말에게 하중을 주지 않는다고 한다. 박태종이라는 유명한 기수분이 있는데 내가 제일 좋아했던 분이고 현재도 현역으로 기수생활을 하시는 걸로 알고 있다. 유명 기수 분들은 스포츠 스타처럼 경마팬 들로부터 사랑을 받는 분들도 계신다. 경주를 통해 스릴감과 스트레스 해소를 주시는 기수 분들께는 늘 감사한 생각을 갖는다. 한편으로는 기수라는 직업이 위험한 것이 경주 도중 낙마하여 크게 다치는 경우도 있고, 나중에 사망하셨다는 이야기를 들은 적도 있다.

    마지막으로 경마장을 가 본 것도 수년이 흘러 이제는 경마장도 많이 바뀌었을 것이다. 경마장 가는 길은 인생 역전과 도박성이 섞인 인간 본능이 꿈틀되는 탐욕의 현장이다. 한편으로는 주중의 업무에서 오는 스트레스를 해소하고 스릴을 맛보기 위한 서민 인생의 한복판이라고도 생각하다. 나는 가벼운 편으로써 경마장 방문을 하여 놀이로서 즐기는 것에 대하여 괜찮다고 생각한다. 하지만 나의 젊은 날 다른 편을 가졌으면 어떠했을까 하는 후회가 지금은 있다. 지금은 어떻게 바뀌었는지 모르지만 오래전 방문했을 때에는 경마 베팅 시간 마지막 30초 전에 슈베르트의 '송어'라는 클래식 음악이 나오면서 경마 마지막 베팅 마감 시간을 알려주었다. 이후로 나는 슈베르트의 '송어'라는 클래식 음악을 좋아하게 되었다.

III

그럼에도 구원은 오는가

Why, What, How

나는 젊었을 때부터 인생의 근본적 질문 문제에 'Why'라는 문제가 해결되지 않으면 'What'이나 'How'가 어떻게 해결될 수 있을까 하는 의구심을 가지고 살았다. 심지어 'Why'의 문제가 해결되지 않는 한 'What'이나 'How'로는 한 발자국도 움직이지 않겠다고 하는 젊은 시절의 철없는 생각도 있었다. 세계 존재의 의미, 삶의 목적, 우주의 목적이 확실하지 않는데 'What'이나 'How'를 하는 것이 어떠한 의미를 가지겠는가?

이를테면 세계의 선善을 증가시키는 것이 세계의 또는 신의 목적인가? 그리고 아프리오리한(선험적인) 선이란 가치는 존재하는가? 자연이나 신적 존재에 연출된 각본에 의하여 우리 인간은 성실히 따라야만 하는 배우인가? 삶은 의미가 있어서 사는가 아니면 이미 존재하니까 그냥 사는 것인가? 하지만 시간이 감에 따라 그러한 'Why'의 문제는 내가 죽을 때까지 해결할 수 없는 문제임을 알게 되었고 'What'이나 'How'를 통하여 나중에는 'Why'의 문제도 해결할 수 있게 될 것이라고 타협하는 생각을 가지게 되었다.

나와 세계의 의미를 생각하기 전에 나는 이미 세계에 던져졌고, 일회성인 인생을 잘 살아내야 한다. 모든 사람이 그러한 고민을 하다가 포기했거나, 생존의 문제 또는 다른 중대한 인생의 문제 해결을 위하여 잊어버리고 살게 된다. 나 혼자 'Why'라는 세상의 존재 이유를 안다고 하는 것도 불가능하고 나는 특별한 존재도 아니다. 나보다 먼저 살다간 많은 사람 현재 사는(또는 살아내는) 많은 사람도 나 이상의 고민을 하는 분이 많다는 것을 알게 되고, 답을 얻는다 하더라도 결국에는 주관적일 수밖에 없다고 느끼게 되었다.

굶어 죽지 않는 것이 사는 목적인 아프리카 내전 전쟁터의 아이들에게 뭐든지 잘 먹어 살아남는 것은 삶의 'Why'이자, 'What'이요, 'How'인 것이다. 부처님께서도 말씀하시길 화살을 맞은 사람에게 절실한 것은 화살이 누구한테서 날아온 것인지, 어떤 종류의 화살인지 알아내는 것이 중요한 것이 아니라 어떻게 화살 맞은 사람을 치료하는 것이 더 중요하다고 하지 않았던가?

나는 나의 'What'으로 대학교 시절 앙가지망의 문제를 생각했고, 세계를 변화시킴으로써 내가 구원받을 수 있다고 생각했고 그러면서 'Why'의 문제도 나중에 차차 해결할 수 있을 것이라고 거창한 생각을 했다. 의사이기 때문에 어려운 처지의 고통 받는 사람들을 도와

줄 수 있는 것은 인생과 싸울 큰 무기가 나에게 있는 것으로 생각했다. 하지만 이러한 생에 대한 진지함은 나이가 들어감에 따라 점차 약해져 가고, 불현듯 떠오르는 고민 정도로 약해져 가고 있다.

어느 사람에게나 나름대로 인생에 대한 'Why', 'What', 'How'가 있다. 그러한 것에 대한 고민을 진지하게 하면서 인생을 살아가는 사람도 있고 동물적, 세속적 본능으로 살아가는 사람도 있다. 사실 무엇이 옳다 할 수도 없고 어떻게 산들 그 최종 결과는 다 똑같을 것 같다. 어떠한 인생의 답안지를 내건 자연은 평가하지 않는다고 나는 생각한다. 하지만 내가 나이가 들어감에 따라 우리가 소중하다고 생각하는 사랑, 관심, 연민, 희망, 감사, 평화 등의 가치는 살아가면서 같은 종으로서 동시대의 시간과 공간을 살아가는 모든 사람과 나누어야 할 큰 덕목이라고 생각한다. 그러한 가치가 학습된 가치라고 요즘은 생각하지 않는다.

몇 년 전 영주 부석사에 가 본 적이 있었다. 과연 절 이름대로 공중에 떠 있는 바위가 실제로 있는지 확인해 보고 싶은 호기심도 있었다. 부석사로 가는 입구에는 사과나무가 많아 아름다운 시골 풍경이었다. 목조건물로 유명한 무량수전에 가보니 아미타여래가 동쪽을 보고 있었다. 보통 절의 무량수전 불상들은 실내의 중앙에서 남쪽을 바라보고 있는 것이 일반적인데 특이하게 서쪽에서 동쪽을 바라보고 있다. 사바세계의 인간들을 기필코 모두 구원하겠다는 뜻이 담겨 있다고 한다. 방향을 바꾸고 틀어 좌정한 부처님의 비장한 굳은 결심이 느껴지는 모습이었다. 수백 년 전 이러한 사찰과 불상을 제작한 당시 우리 선조들도 인간 구원에 대한 희망을 품고 결사 항전의 자세로 해탈에의 염원을 가졌던 것은 아닐까? 하여간 부석사는 내가 가본 국내 사찰 중 제일 감동이 있고 아름다웠던 사찰이었다.

2021년 올해 미국 대통령이 된 조 바이든은 29세 때 교통사고로 부인과 딸을 잃고 절망하고 있을 때 그의 아버지가 그에게 건넨 액자를 평생 간직하고 있다고 한다. 만화가 딕 브라운이 만든 '공포의 해이가르' 라는 만화에서 그려진 두 컷의 사진인데 해이가르가 탄 배가 바다 폭풍우 속에서 벼락에 좌초하자 'Why me' 라고 하면서 신에게 '왜 나에게 이러한 시련을 주시느냐'고 하였더니 신은 'Why not' 이라고 하면서 '너는 왜 그러한 시련을 겪으면 안 되느냐'고 무심히 말했다는 만화이다. 바이든은 이 액자를 평생 간직하면서 어려울 때마다 꺼내 보았다고 했다. 물론 내가 말하려고 했던 원래의 'Why' 의미와는 조금은 다른 이야기이지만 역경은 누구에게나 닥친다고 하는 이야기이다.

나의 젊은 날 'Why'가 결정되지 않는 인생전진은 비겁한 일이라고 생각했다. 하지만 우리의 인생은 너무 짧다. 인생을 'What'이나 'How' 없이 살 수는 없다. 종교적 귀의가 아니거나 안광에 지배를 철하는 철학자가 아니라면 말이다.

'Why'의 영역은 우리가 영원히 알 수 없을 것만 같다. 자연自然이란

말의 한자풀이는 스스로 자에 그럴 연, 스스로 그러한 것이니 완벽히 이해하기엔 우리 사람의 머리로는 영원히 불가능할 것 같기도 하다. 'Why'에 대해 질문하는 것이 어쩌면 우매한 질문일 수도 있고 원래 답이 없는 것일 수도 있지만 그러한 물음도 없이 인생을 산다는 것은 쓸쓸한 일일 것이다.

소개팅과 천주교, 결혼

나는 내성적이고 대범한 편이 아니라서 결혼 전까지 연애를 제대로 해본 적이 없었다. 소개팅은 가끔 나갔지만 이 사람이 평생의 반려자인지 확신이 서지 않아 두 번 이상 만나본 적이 거의 없었던 것 같다. 당시에는 나름 순진했던 때라 서너 번 만나 손을 잡기라도 하고 소위 진도를 나가면, 책임을 지고 결혼을 해야 한다는 매우 보수적인 연애 관념이 있었기 때문이다.

34살이던 2001년 크리스마스를 일주일 앞둔 어느 날 소개팅을 하게 되었다. 평생의 반려자가 될 분을 소개팅(선을 본 것이 더 정확할 수도 있겠다)을 통하여 독산동 노보텔에서 만났다. 소개팅 나온 여자 분의 첫인상은 깔끔하게 머리를 짧게 커트한 것이 참해 보였고, 피부가 곱고 29살임에도 대학생티가 나는 청순미가 있었다. 여러 가지 농담도 잘 받아주었고 유연한 마음 씀씀이가 마음에 들었다. 당시 나는 소나

타 중고차를 사서 몰고 다니던 시절이었는데 파트너에게 잘 보이려고 미리 차를 세차하고 나갔다. 노보텔에서 차를 마시면서 나는 준비해 간 여러 가지 코믹 유머로 소개팅에 나온 여자 분에게 잘 보이려고 노력을 했고, 같이 바람을 쐬러 인천 송도 유원지 카페로 가자고 했다. 당시만 해도 운전에 자신이 없던 운전 초보 시절이었는데 장거리 운전할 그런 용기가 어디서 생겼는지 지금도 모르겠다. 정말 우연한 일은 오래 전에 소개팅하여 몇 달 전 한번 만난 여자 분을 그 카페에서 우연히 스치게 되었다. 나만 본 듯하여 일부러 고개를 숙여 외면하고 와이프와 차를 계속 마셨는데 와이프한테는 아직도 그 일이 비밀이다.

일주일 후 다시 애프터를 신청하여 만났는데 성당 성가대에서 성탄절에 부를 노래를 연습하다 하얀 단체복 상의를 그대로 입고 왔다고 했다. 대학생처럼 생기있고 발랄해 보였다. 성당에 대하여서는 당시 내가 관대한 종교관을 가졌던 터라 거부감은 없었다. 1월에는 청량리에서 통일호 기차를 타고 10시간 정도 기차 여행하고 다시 청량리로 돌아오는 눈꽃 구경 환상 열차 여행을 같이 가게 되었다. 돈이 있어도 좌석권 구하기가 어려웠는데 철도청 친구한테 특별히 부탁하여 표를 구할 수가 있었다. '인디안 썸머'라는 영화 감상(영화를 보며 나는 좀 졸았다), 박물관 구경, 그리고 많은 데이트가 있었고 10개월 만에 우리는 결혼을 하게 되었다. 물론 중간에 서로 다투면서 헤어질 한두 번의 위기는 있었다.

아내가 내건 결혼 조건 한 가지는 내가 성당에 다니는 것이었다.

성당에 대해서는 비교적 관대한 감정이 있던 터라 광명성당에서 6개월 교리를 와이프 도움으로 열심히 마쳤다. 당시 아내는 삼성의료원 직장에서 퇴근 후 1시간이 넘는 거리를 운전하여 내가 교육받는 저녁마다 와서 나를 응원하곤 했다. 당시 수녀님은 좌 OOOO수녀님으로 기억되고 좋은 말씀을 많이 해 주시고 지지를 많이 해주셨으며, 결국 혼인성사도 하게 되었다. 보수적이며 완고하신 아버지와 어머니까지 성당 혼인 성사 날 오시게는 했으나 결혼식만은 부모님의 뜻에 따라 일반 예식장에서 구닥다리로 하게 되었다.

어쨌거나 결혼을 하면서 나는 프란치스코라는 세례명으로 영세를 받았고 정식 천주교 신자가 되었다. 결혼 초에는 열심히 성당을 다녔고 아들, 딸 모두 세례를 받았다. 아내가 일요일 날 성당에 안 가면 하느님께 벌을 받는다 하여 안 빠지려 노력했고 세례 10년 후 받는 견진성사도 받게 되었다. 지금은 어찌하다 보니 성당에 잘 나가지를 못하고 소위 말하는 냉담 중이 되었지만 하느님이 다시 부르시거나 내 마음이 더 가난해 진다면 열심히 다녀보고 싶은 마음은 있다.

10년 전 쯤 돌아가신 김수환 추기경님, 무지개 원리의 차동엽 신부님은 나의 삶에 큰 지혜와 용기를 주신 존경하는 신부님들이다. 성 김대건 안드레아 신부님의 묘소가 있는 안성 미리내 성지를 갈 때마다 밤하늘의 은하수처럼 아름다운 성지 풍광을 만끽하면서 200년 전 본인의 종교적 신념을 지키기 위해 참수형도 기꺼이 받았던 초창기 많은 순례자들의 영혼을 다시 한 번 상기하게 된다. 한편 요즘에는 너무 정치 지향적(편향적)인 신부님들의 모습이나 성실하지 못하다고 생각하는 강론을 들을 때면 성당에 가고 싶은 마음이 없어지기도 했다. 교회가 사회를 구원하는 일부 역할을 수행해야 하는 것은 맞지만 어떨 때보면 자의적 해석으로 평신도들에게 마음의 상처를 주는 경우도 있었다고 생각한다.

한편 장인, 장모님은 독실한 천주교 신자이며, 특히 장인어른 집안에는 수녀님도 계셨다고 했다. 나의 마음이 힘들거나 가정생활의 현실적 역경이 있을 때 장인, 장모님은 든든한 후원자가 되어 주셨고 항상 넓은 품으로 나를 감싸 주셨다. 늘 감사하고 많은 은혜를 받았다.

성경 말씀 중에는 4대 복음, 상징적 언어와 운율이 있는 아름다운 시편, 인생에서 어려운 한계 상황이 연달아 오는 욥의 어려움을 기술한 욥기, 믿음과 소망 그리고 사랑에 대한 내용이 나오는 코린토 전서, '허무로다, 허무! 모든 것이 허무로다!' 라는 문구가 나오는 코헬렛서(전도서)가 가장 마음에 와 닿는 것 같다. 젊은 날 가끔 성경을 읽어보기도 했지만 요즘은 잘 읽지 않는다. 나의 마음이 더 가난해지면 다시 읽어볼 것 같다.

우연한 소개팅으로 만나 나의 아내가 되고, 거의 20년을 나와 같이 살아가고 있는 아내를 내가 만난 것은 내 인생의 가장 큰 선물이자 축복이었다. 아내는 나를 그렇게 생각하고 있지는 않을 것 같다. 나에게 결혼은 남는 장사였지만 아내에게는 남는 장사였을까? 오늘 밤 한번 다시 물어보아야겠다.

푸켓 쓰나미

2004년 크리스마스 다음 날인 12월 26일 인도네시아 수마트라 섬 서부 해안 40㎞ 정도 지점에서 지진이 발생하였다. 30만 명 이상이 목숨을 잃고 5만 명 이상 실종, 난민 170만 명 정도가 발생한 규모 M9.1-9.3의 초대형 해저 지진이었고 사망자의 대부분은 쓰나미에 의해 발생했다. 20세기와 21세기를 통틀어 세계 역사상 2번째로 컸던 지진이라고도 했고, 지금까지 알프스 히말라야 조산대에서 일어났던 지진 중에서는 가장 큰 규모라고 했다. 지진으로 인한 피해보다 쓰나미로 인한 피해가 커서 많은 사람이 사망했고, 특히 피해가 많은 지역은 우리나라 사람들이 많이 가는 신혼 여행지인 태국 푸켓, 몰디브, 인도네시아였고 그 여파가 아프리카 동부해안까지 미쳤다고 한다.

당시 동영상 참상을 보면 정말 처참했던 상황이 상상된다. 수십만 명이 갑자기 물에 빠져 죽는 끔찍한 자연재해가 순식간에 일어난 것이었고 도대체 신과 자연의 뜻을 이해할 수 없었다. 도대체 자연과 신은 어떠한 계획이 있으시길래 30만 명이 넘는 사람들이 인생을 정리할 시간도 없이 순식간에 데려갔는지. 그중에는 기독교, 이슬람교, 불교를 믿는 신자들도 있을 것이고. 이 모든 것들도 결국 우리가 이해할 수 없는 절대자의 뜻이라고 귀결시키는 종교인들의 설명에는 정말 화가 났었다. 자연은 인간의 생존과 행복에는 관심이 없는 것 같다. 당시 지구 온난화가 근본적 원인이라는 설명도 있었지만 너무 환원적인 설명이었다. 사람이 지구를 훼손하여 생긴 인재라는 설명도 사실 사람도 자연의 일부라고 생각하면 사람과 자연을 너무 이분법적으로 보는 사고이다. 만약 사람과 자연을 분리하여 생각한다면 인간이 자연에 도발한 것에 대한 자연의 응징이고, 이것은 전체적으로 자연상의 평형 추구로 가는 과정이라고 생각할 수도 있겠지만. 사실 자연보호라는 것, 지구 온난화를 방지하자는 것도 인간이라는 종류가 이 지구에서 지속가능하게 살아남기 위함이 주된 목적인 것이다. 거기에는 인간의 지구에서의 지속가능한 영위가 어떠한 우주적 가치와 그 자체로 선함이여야 한다는 전제가 있어야 한다는 것이 항상 내 생각이었다.

사실 인간의 관점으로 보면 때로는 자연이 인간에 대하여 엄청난 폭력을 행사하는데 그러고도 태연한 자연은 인간에게 관심이 없다. 자연의 관점에서는 폭력이 아니라 일상의 업무일 수도 있다.

지진과 쓰나미 몇 년 후 우리 인간은 쓰나미로 희생되어 시체가 둥둥 떠다녔던 푸켓의 바닷가, 몰디브 해변을 걸으면서 바다 해변의 낭만을 추구하며 맥주를 마시고 자연 폭력을 휘두른 바다에서 파도 서핑을 즐긴다. 나는 지진으로 인한 인도양 쓰나미 사건 후 자연의 폭력과 우연성에 치를 떨었고 자연은 사람에게 전혀 우호적이지 않음을 다시 한 번 느끼게 되었다. 인도네시아 지진과 쓰나미 사건은 우주와 지구 속에서 정말 왜소한 존재인 인간의 운명을 다시 한 번 생각하게 되었고, 신적인 존재의 유무를 가지고 지인들과 논쟁을 할 때, 신이 없거나 최소한 우리가 생각하는 선함만을 추구하는 신은 아닐 수도 있다는 주요한 예시가 되기도 하였다.

요즘에도 우리 인간은 자연의 폭력성과 무서움을 가끔 경험한다. 그럼에도 우리는 산, 바다, 들, 하늘, 나무, 시냇물, 꽃, 흙의 자연을 그리워하고 친밀감을 느끼는 아이러니가 있다. 결국 사람은 자연의 일부인 것이다.

쓰나미 사태를 보고 나서 다시 느끼게 된다. 산 자는 산 자이고 죽은 자는 죽은 자이며, 또 우리는 살아간다. 아니 우리는 조금씩 죽어간다.

내곡동 씨피

　서울시 양재동에서 성남 쪽으로 가는 헌릉로 길을 가다 보면 대로
변 오른쪽에 서울특별시 어린이병원이 있다. 1948년 종로구 사직동에
서 처음 설립되어 83년의 역사 동안 전국적으로 부모가 없는 아이들,
장애 아이들, 고아들을 수용하며 치료와 보호를 같이했던 병원이다.
최근에는 중증장애아 환자들을 입원 치료하면서 외래에서는 신체적,
정신적 장애에 대해 재활치료를 하는 우리나라 최대의 중증장애 어린
이 전문 병원이다. 성서에 보면 예수님이 '이 세상에서 가장 미소한 자
에게 해주는 것이 나에게 해주는 것이'라는 말씀을 하셨다 하는데
여기에 입원해 있거나 외래에서 치료받는 아이들이 바로 가장 미소한
아이들이다. 사실 내가 시립 어린이 병원에 입사한 것도 히포크라테
스 선서를 하던 의사 초심으로 돌아가 나의 전공을 살려 어렵고 힘든
처지들의 환아들을 돌보고 싶었기 때문이었다. 또한 상업적 논리가

배제되어 소신껏 진료를 할 수 있는 시립병원만의 장점이 있었고 넉넉하지는 않지만 공무원 신분으로 적당한 월급도 탈 수 있으니 봉사하면서 돈도 버는 좋은 직장이라 생각한 측면이 있었다.

이 병원에 장기간 입원해 있는 아이들의 사연을 보면 참으로 다양하고 기구하기도 하다. 출산 시 저산소증으로 심각한 뇌병변이 남은 아이들, 뇌갈림증이나 뇌수두증처럼 다양한 선천성 기형이나 희귀 난치성 질환을 가진 아이들, 중증 근 무력증 환자들. 직원들은 이들을 통칭하여 뇌성마비(Cerebral palsy 아이들, 약칭하여 씨피 환자들이라고 불렀다. 일부 아이들은 태어나자마자 대형병원에서 급성기 치료를 받고 전원되어 어린이병원에서 보호 및 치료를 받다가 사망하기도 하고, 수년 또는 10년 이상 치료를 받다가 퇴원할 컨디션이 되지 않아 퇴원을 못하고 점점 상태가 나빠지다 사망하는 경우도 많았다. 그 외에도 다양한 유전성 질환, 진단도 받지 못한 어린이들도 많았고 자기 호흡이 약해 인공호흡기를 부착한 어린이 환자들이 20명이 넘었다. 부모님들이 있는 아이들도 있었고 부모님이 없는 경우도 전체 입원환자의 반은 되었고 장기간의 투병에 부모님들조차 면회도 잘 오지 않고, 경제적으로 한 가정이 파탄이 나는 경우도 많이 보았고 이혼도 많이 하셨다. 또한 최근 약 10년 전부터는 '베이비박스'라고 관악구 한 교회 시설에서 미혼모 등으로부터 유기된 신생아들이 기본적인 처치와 치료를 위해 입원하는 병원 역할을 하기도 한다.

상당수의 아이들은 태어나자마자 병원 신세를 지어 평생 병원을 못 벗어나고 스스로 걷지 못하고, 입으로 먹지를 못하고 콧줄이나(비위관) 배에다 구멍을 뚫어(위루관) 위장으로 영양분을 투여해 주어야 한다. 상태가 양호해진다하더라도 집으로 갈수 있는 경우는 거의 없고, 최선의 경우는 한사랑 영아원 같은 장애인 보호시설로 가거나 개인 입양이 되는 경과를 밟게 되는 것이다.

입원 환자들과는 달리 외래로 내원하는 장애 어린이 환자들은 대부분 부모님들이 계시며, 적극적인 재활치료를 받게 되고, 재활의학과와 정신건강의학과에서 담당하게 된다. 아마 우리나라에서 제일 어린이 재활치료를 많이 하는 병원중 하나이고, 특히 소아자폐증으로 대표되는 발달장애 치료는 우리나라에서 가장 유명한 병원으로 알려져 있다.

나는 이 병원에서 처음에 평의사로 근무를 시작했다. 평의사로 일할 때는 병원 의사 중 가장 먼저 출근했고, 동료 의사들을 위해 아침 티타임 때 쓸 커피 물을 미리 끓여 놓았던 기억이 난다. 공무원 병원이라 9시까지 출근이지만 7시 정도에는 병원에 도착하여 9시 이전에 기본적 처치를 끝내놓으려고 나름대로 열심히 노력을 했고 장애아를 가진 환자들과 보호자들에게 조금이나마 인간의 생명의 존엄성을 지켜주려고 노력했다. 가끔은 연명치료에 가까운 치료를 계속 받을 수밖에 없는 아이들에게는 미안하기도 했다.

어린이병원에서 평의사 생활을 3년 정도 하다가 당시 원장님으로부터 진료부장 직을 요청받았을 때에는 한편 자신감도 있었지만 큰 고민이 되었다. 나의 실력, 체력으로 과연 잘 해 낼 수 있을까? 심각한 고민을 하였다. 그러던 중 병원 내 직원 신자들을 위한 미사를 위해 방문을 하신 당시 포이동 신부님께 고해성사를 하게 되었다.

"저는 진료부장이라는 직을 감당할 수 있는 몸과 마음의 상태가 아닌데 어찌할까요?" 고해성사 중에 눈물이 났고 신부님께서는 당신의 손목에 있는 연푸른 색깔의 묵주를 나의 손목에 걸어주시면서 "당신은 해낼 수 있을 거야" 하고 위로해 주셨던 기억이 난다. 나에게는 큰 용기가 되었고 그 이후로 묵주를 몇 달 동안 계속 손목에 차고 다녔고 8년이 지난 지금도 묵주 줄은 끊어졌지만 일부분 묵주 알이 남아 보관하고 있다.

진료부장 시절에는 타성에 젖은 시립병원 물을 좀 빼고, 활기찬 병원다운 병원을 만들기 위해 나름대로 여러 가지 노력을 했다. 의사들 논문 집담회, 컨퍼런스, 생명 윤리위원회 제정, IRB 설립 등. 그리고 장기간 입원해 있는 수백 명 뇌성마비 환자들의 비타민 D 혈중 농도와 골밀도를 검사하고, 부족한 비타민 D를 집단적으로 투여하기 시작했다. 그때까지만 해도 비타민 D의 효능과 연구가 크게 대중화되지 않는 상황이었는데 간단한 논문도 낼 수 있게 되어 내 자신이 조금은 자랑스러웠던 기억이 난다.

이후 1년 6개월의 세월이 흐른 후, 나는 거의 반강제로 떠밀려 어린이병원의 원장에 취임하게 되었다. 처음부터 비장한 각오로 임하였다. 최선을 다했고 환자치료 실적, 외부기관 평가, 공공의료기관 평가에서 좋은 성적을 얻게 되었고, 발달장애 어린이들을 위한 삼성발달센터

개원, 어린이 환자들을 위한 많은 기부금 유치, 병원 인증 등 활기찬 병원을 만들기 위하여 최선의 노력을 다하였다.

병원에서 일하는 많은 직원들은 책임감이 강하고, 나름대로 뜻이 있어 장애어린이 전문병원에 보람으로 다니는 직원들도 꽤 있었다. 300명이 넘는 많은 공무원 중심 직원, 특히 의사직, 간호사직, 약무직. 행정직, 의료기술 치료사직 등 직원 구성원들의 다양성 때문에 전체를 아우르는 리더십이 절대적으로 필요했는데 초반에는 많이 고전했다. 환자들의 나이는 신생아에서부터 심지어 어릴 때 입원하여 30살이 넘은 환자들도 있었다. 환자의 나이에 관계없이 모든 입원 환자들의 대소변 기저귀를 직접 갈고, 매일 목욕시키는 것이 간호사분들의 주요 일과였기에 육체노동의 강도가 꽤 있었으며, 심지어 나의 임기 초반까지도 환자 사망 시 염까지 하는 일을 담당했다. 간호사분들은 환자들의 엄마가 되어주었다.

병원에서는 학생들의 여름방학, 겨울방학 시기가 되면 중고생 아이들을 위한 자원봉사 캠프를 했는데 자원봉사 점수를 획득하기 위해 온 청소년들이 대부분이었다. 드물게는 부모님들이 병원에 입원해 있는 장애 아이들을 보고 본인 자녀들한테 '네가 얼마나 편안한 삶을 살고 있는 지 감사한 마음을 가지며 살라'라는 자극을 주기 위해 자원봉사 보내는 경우도 있었다. 그때마다 내가 자원봉사 학생들에게 해준 덕담이 있었다.

"입원해 있는 많은 아이들은 날 때부터 병원을 못 떠나고 있습니다. 여러분들이 누리는 두발로 흙길을 걷기, 입으로 맛있는 음식 먹기, 밤하늘의 아름다운 별 바라보기, 들에 핀 꽃내음 맡아보기. 우리 환자들은 아무것도 할 수가 없습니다.

여러분들이 받은 축복을 세어보세요. 여러분들이 부모님으로부터 받은 혜택을 생각해보세요. 여러분들이 누릴 수 있는 자유를 생각해보세요. 살아가면서 힘들 때마다 누워있는 어린이병원의 환자들을 기억해 보세요. 여러분들이 겪게 될 어려움은 별거 아닐 겁니다.

유전자 이상이건, 선천성 기형이나 심각한 질환이건, 자연 속에서 과학적 통계 법칙을 생각하면 몇 퍼센트는 항상 누군가에 일어나게 됩니다. 이렇게 생긴 문제 때문에 어린이병원 환아들이 지금 고통을 받고 있습니다. 여러분들이 그러한 소수 리그에 포함되지 않았다고 다행이라고 생각만해서는 안됩니다. 어찌 보면 우리 환아들이 겪고 있는 고통은 여러분들을 대신해서 겪는 것일 수 있으니까요. 한 명의 생명의 가치는 지구만큼 아니 우주만큼 무겁습니다. 모든 사람들 생명의 가치는 등가입니다."

환자를 돌보다 보면 상태가 너무나 심각하고 고통스러워 보여 차라리 이 세상을 떠나는 것이 더 나을 것 같다는 생각이 드는 환자도 많았다. 그렇다고 지구보다 더 무거운 생명의 무게를 가진 개별 환자의 생명권을 우리가 인위적으로 어떻게 할 수는 없었다. 그러한 미소한 생명이라도 애지중지하시면서 매일 면회 오시는 부모님들도 계셨다.

오실 때마다 울고 가셨다.

멜더스의 인구론, 다윈의 진화론처럼 우생학적 관점에서 보면 어린이병원에 입원해 있는 환아들은 깨지기 쉬운 그릇처럼 약한 존재이며 마이너리티 아이들이다. 하지만 우리 사회가 그 아이들을 잘 돌보고 최선의 의료적, 복지적 조치를 취해야 함은 지구 상에 인류가 존재하는 한 최소한의 인간 연대의식이자 존엄성의 유지이다.

내가 병원장 재직시절 직접 제작한 세계최초 장애어린이 권리장전이 있다. 나는 이 헌장 제정을 한 나 자신을 무척 자랑스럽게 생각한다. 나에게 당시까지 축적된 인문학적, 철학적 내공을 제대로 써먹은 기회가 되었다.

서울특별시 어린이병원 장애어린이 권리장전

1. 사람의 생명은 그 무엇보다 소중하며 그 존엄성은 장애 유무 기타 조건에 관계없이 누구에게나 동일하다.

1. 모든 사람은 뜻하지 않게 신체적 또는 정신적 장애를 갖게 될 수 있고 누구나 장애 어린이를 보살피는 가족이 될 수 있다.

1. 장애 어린이들의 생명권과 행복 추구권은 우리 사회에서 가장 침범받기 쉽기에 서울특별시 어린이병원(이하 '병원')은 이들 어린이들의 건강과 행복을 위하여 적극적이고 합리적인 개입을 지속적으로 하여야 한다.

1. 병원과 의료진들은 환자를 진료함에 있어 어떠한 사회적, 경제적 여건에 대한 고려 없이 환자 개개인 생명의 존엄성을 지키고, 고통을 감소시키며 보다 품위 있는 일상적인 삶을 누릴 수 있도록 최선을 다하여야 한다.

1. 장애어린이 환자들은 최신의 의학적 근거를 기반으로 한 충분한 진료와 치료를 받아야 한다.

1. 환자의 치료 중 생명윤리적인 심각한 가치 충돌이 있을 경우, 병원은 환자와 보호자에게 법률적, 윤리적, 의학적 고려를 담은 충분한 선택권을 제시하여야 하며, 윤리위원회 등을 통하여 최선의 선택을 하도록 노력한다.

1. 병원은 장애 어린이들이 적극적인 사회복귀를 통하여 행복한 삶을 누릴 수 있도록 안전하고 쾌적한 환경에서의 최선의 치료는 물론, 그 가족에 대하여서도 지역사회 연계 등을 통한 지원을 충분히 하여야 한다.

베이비박스

서울특별시 어린이병원에는 약 10년 전부터 '베이비박스'라고 하는 관악구 한 교회에 설치된 유기 신생아 보호 장소에서 의뢰되어 온 신생아들이 많이 입원한다. 매주 몇 명씩 계속 입원했던 것으로 기억한다. 정상 신생아이거나 때로는 다운 증후군 등의 장애가 있는 경우도 있는데 대개는 미혼모들이 밤에 몰래 베이비박스에 유기하고 몰래 도망가는 경우였다. 일종의 반합법적인 시설이다. 정부에서도 유기될 운명의 아이들이 길이나 다른 좋지 않은 장소에 유기될 경우 생명이 위험하기 때문에 어느 정도는 묵인하는 듯했다. 내가 원장 재직 당시 받은 법적 유권 해석도 일정한 장소에 안전하게 아기를 놓고 보호자가 사라졌기에 법적으로 보호자를 기소할 수도 없다고 결정된 것을 기억한다.

신생아들은 어린이병원에서 황달이나 발열 치료 등 간단한 치료 후 보호소나 보육원, 장애아 시설로 보내지는데 장애가 심각하거나 재활

치료가 필요한 경우는 장기간 입원하기도 한다. 아이를 맡기는 부모(대개는 미혼모였다)들은 아이를 잘 부탁한다는 조그만 메모를 남기기도 하고 아이의 혈액형, 치료받았던 간단한 진료기록, 안타까운 사연을 편지에 담아 보내기도 하였다. 또 형편이 좋아지면 꼭 찾으러 오겠다고 하는 내용도 있다. 편지를 읽는 의료진들은 안타까운 마음에 눈물을 글썽이기도 했다. 가끔은 다운증후군이나 아주 간단한 기형으로 양육을 포기하는 매정한 부모님들도 있었다.

가장 기억나는 환자는 베이비박스에서 입원한 아이로서 '선천성 골형성 부전증'이라는 병을 가지고 있었다. 뼈가 너무 약해 자발성 팔, 다리 골절이 자주 일어났지만 두뇌 발달은 정상으로 의료진들이 하는 말을 다 알아들었다. 너무 애처로워 실질적인 엄마 역할을 하던 병동 간호사들이 애지중지하면서 사랑을 듬뿍 쏟았던 기억이 난다. 정서적 발달을 위해서 병원에서의 지속적 보호보다는 시설이나 가정 입양을 여러 번 시도했었으나 계속되는 골절의 염려로 받아주는 기관이 몇 년간 없었다. 최근 들은 소식으로는 환자동우회 유관단체 도움을 통해 병원을 벗어나 시설로 갔다는 얘기를 들은 바가 있다.

유기하는 부모들에 대하여서는 안타까운 마음과 분노의 마음도 일었고, 미혼모와 미혼부의 왜곡된 성의식과 성교육의 문제, 장애에 대한 인식문제, 그리고 이러한 사회적 문제를 근원적으로 해결하지 못하고 베이비박스에 의존하는 정부의 형태를 비판하기도 하였다.

베이비박스는 독일이나 미국 등에서 설치된 바가 있었고 지금도 윤리적 찬반양론이 있다. 베이비박스를 철거하지 않으니 아이를 유기하는 생명경시의 풍조가 지속된다는 주장이 있는가 하면, 길에 유기하여 저혈당증이나 저체온증으로 뇌손상 등 2차적으로 신생아의 건강에 해를 끼치는 것을 막을 수 있다는 찬성론도 있다. 이러한 찬반양론은 윤리학적 논쟁을 불러일으키기도 하고 지금도 진행 중이다. 심지어 베이비박스에 대한 찬반 논리를 피력하라는 것이 얼마 전 모 대학교 입시 시험에 나왔다는 이야기를 들은 적이 있다. 고마운 것은 유기된 신생아를 몇 주나 몇 달 후 다시 데려가는 부모(엄마)들이 있다는 것이다. 편지에는 여건이 좋아지면 아이를 찾으러 오겠다는 메모를 남긴 분들도 많지만 실제로 아이들을 찾아오는 경우는 매우 드물었다.

나는 병원장 재직 당시 베이비박스의 존재에 대하여 반대 의견을 가졌었다. 미혼모들과 여기서 태어난 장애아, 비장애아에 대한 돌봄에 대하여 베이비박스가 해결책이 아니라 법적인 개선책 마련과 행정적 지원이 마련되어야 한다고 생각했다. 찬성론자들 중에는 시나 구마다 하나씩 설치하여 유기되는 신생아들을 보호하자고 주장하는 극단적 주장을 펼치는 정치인도 있었다.

미혼모와 그 남자친구(미혼부), 장애아를 뜻하지 않게 가지게 된 부모들에 대한 따뜻한 시선과 촘촘한 사회적 도움이 필요하고 장애에 대한 우리 사회의 편견 극복도 중요하다. 또한 젊은이들의 성적 문화와 생명 존엄성에 대한 교육이 더 필요하다. 그리고 마지막으로는 입양에 대하여 좀 더 적극적인 사회적 혜택이 있어야 한다고 생각한다. 자기 핏줄이 아님에도 평생 부모로서의 책임을 지겠다고 입양하여 아이들과 사랑을 나누는 것은 일종의 생을 건 도전이자 헌신이다. 입양해서 무사히 성인까지 키운 양부모들은 상을 받을 만한 자격이 있다고 개인적으로 생각한다. 2명의 어린아이들을 입양한 내 친구한테도 가끔 그러한 이야기를 한다.

'네가 살면서 잘못한 많은 일은 네가 2명의 입양한 아이들을 잘 키워냄으로 절대자에게 충분히 용서받았을 것'이라고.

가수 이적의 노래 '거짓말, 거짓말, 거짓말'은 부모가 아이를 버려놓고 떠나가버린 상황에서 버림받은 아이의 입장에서 돌아오지 않는 엄마를 생각하며 만든 노래라고 한다. 그렇게 슬픈 노래라는 것을 요즘에야 알았다.

'Baby lives matter!'

발달장애 부모님들의 애환

내가 어린이병원장을 하면서 맡겨진 가장 큰 사명은 서울특별시 어린이병원 발달센터를 성공리에 건축하고 운영을 잘하는 것이었다. 어린이병원 발달센터는 자폐증과 지적장애로 대표되는 발달장애 소아청소년들에 대한 치료, 재활, 보호자 지원, 연구 등 발달장애 어린이들에 대한 토탈 케어와 지원에 관한 국내 플랫폼을 만드는 것이 주된 목표였다. 삼성전자의 200억 후원이 있었고, 서울시 예산 100억이 사용되어 땅값 빼고도 300억 원이 넘게 드는 큰 공사였고 많은 의료진도 신규 채용하게 되었다. 건물은 2015년 봄에 착공하여 2017년 가을에 완공되었고 설계에 대한 여러 번의 변경, 디자인에 대한 고민, 운영프로그램에 대한 해외 벤치마킹, 지역사회와의 네트워킹 등 수년간 여러 직원들의 헌신으로 만들어진 작품이었다.

발달센터에서는 유전자 진단, 언어치료, 행동치료, 인지치료, 놀이

치료, 음악과 미술 예술치료, 작업치료 등 발달장애 치료 프로그램을 좀 더 양적, 질적으로 확장하고 과학적 근거기반 하에서 치료를 시도하기 위하여 노력했다. 많은 장애어린이 부모님들께서 희망을 보았다. 발달장애 어린이들이 비록 완치되지는 않지만, 일상적인 삶 속에 적응하며 살 수 있도록 하는 것이 최선의 치료 목표였다. 특히 응용행동분석(ABA)에 근거한 행동치료는 많은 보호자분들에게 희망을 주었고 인기가 있었지만, 치료사가 한정적이라 치료를 받기까지 대기 기간이 길었고 비급여 치료에 해당되어 부모님들의 경제적 부담이 컸다.

기부금을 통하여 많은 저소득 계층 어린이 환자들에게 재활치료 기회를 주기 위하여 기부금을 적극적으로 유치하였는데 시립 어린이병원이라 그런지 자발적 기부금이 일 년에 일억 원 이상 들어왔다. 기부를 해주신 많은 분께 이 책의 글로서 다시 한 번 감사의 말씀을 드리며, 기부가 아닌 지원과 자원봉사를 해주신 많은 평범한 시민분들께도 감사의 말씀을 드린다. 특히 어린이병원 장애 어린이 환자들을 위해 20년간 매주 목욕봉사를 해 주시러 오신 고마운 분들을 기억한다.

발달장애 환자들은 다양한 수준의 증상과 스펙트럼을 보이는 경우가 많지만 대개 정상적인 사회생활은 어렵고, 부모들은 평생 자녀들의 뒤를 돌보아야 하며, 엄청난 치료비와 정신적 고통에 힘들어한다. 신체적 장애를 가진 아이들과 달리 일상적인 활동은 비교적 수월하지만 성인이 되어서 부모의 체격보다 더 성장하면 부모님도 힘에 부치게 되어 관리가 어려워진다. 환자들은 심한 경우에 자해와 타해를 보여 약물적인 치료를 받아야 하고, 심지어 부모님들도 자식들의 돌발적 공격 대상이 되어 다치시는 분들도 있다. 성인이 된다 해도 발달장애가 급격히 좋아지는 것이 아니고 아이의 육체적 힘은 더 커지기에 보호자는 관리에 힘이 더 버거워지는 경우가 많고, 일거수일투족 일상을 옆에서 계속 관리해야 한다. 한마디로 부모님들은 숨 쉴 시간조차 없고 자유가 없는 시간의 연속이다. 심지어 아이들 돌보느라 극장영화 관람 한 번, 비행기 여행 한 번 제대로 못 했다는 부모님들도 많이 보았다. 그래서 나온 말이 발달장애 부모님들의 소원은 아이들보다 하루 더 살다가 죽는 것이라는 이야기도 나온 것이다.

환자 가족들은 평생 비행기 여행 한 번 하기도 어렵다. 어떤 돌발적 상황이 비행기 안에서 올 수 있기 때문이다. 몇 년 전 모 사회단체에서 환자들과 지원봉사자들을 일대일 매칭하여 제주도로 단체여행 다녀왔다는 훈훈한 이야기가 보도된 적이 있었다. 부모님들이 얼마나 기뻐했을까?

이러한 아이들을 볼 때마다 하느님이 계신다면 환자와 부모에게 왜 이러한 고통을 주는 병을 만드셨을까 하는 의문을 가져보기도 했다. 구약성경 욥기에 나오는 욥처럼 가족들에게 좀 너무하신 것은 아닌가 하는 생각을 가진 적도 있었고.

하지만 이러한 운명을 가지신 부모님들 중에서도 아이가 가진 음악적, 미술적 재능을 살려주면서 긍정적으로 살리려고 노력하시는 눈물겨운 사연도 많이 보았다. 일부 장애인들은 바리스타로 진출하기도 하지만 기회가 많은 것은 아니다.

요즘은 자폐스펙트럼 장애나 지적 장애에 대하여 유전자 돌연변이에 관한 연구가 활발하다. 자연계에서 벌어지는 유전자의 대물림과 개체의 탄생 중 우연히 발생하는 유전자 이상은 수십만, 수백만의 사건 시 확률적으로 나타날 수밖에 없는 자연계의 필연적 오류이다. 모든 자연 현상은 완벽할 수 없으므로 주사위를 수십만 번 던졌을 때 희소하게 생기는 확률로서 우리가 생각하는 자연의 실수가 일어나는 것이다. 구체적으로는 염기서열의 에러일 것이다. 같은 공동체에 살면서 누구는 비교적 정상으로 태어나 정신적, 육체적 고통이 없이 살아가고 누구는 환자와 부모가 평생 고통에서 몸부림쳐야 한다는 것은 큰 불공평이다. 따라서 발달장애를 가진 아이들과 부모들이 짊어지는 짐은 우리 사회가 같이 짊어져야 할 작은 십자가라고 생각한다. 물론 다른 장애도 그러하며 우리가 다윈의 진화설과 적자생존론이라는 과학, 멜더스의 인구론처럼 우생학적 자연의 처사가 우리 인간의 사고에 조금은 불합리하다고 생각하는 휴머니즘이 살아 있는 한, 우리 사회 장애인들과 그 가족과의 사회적 연대는 지속해서 이루어져야 한다.

내 지인 중에 발달장애 자녀를 두신 변호사님과 아산병원 직장 후배가 있다. 힘들고 고단한 삶 속에서 훌륭히 생활하시면서, 자녀 양육을 하고 계신 두 분께 사랑과 존경의 마음을 전한다.

강남으로 가는 길

　아내의 본가가 군포라 신혼 초기에는 나의 본가인 광명과 군포의 중간지점인 평촌에 신혼집을 마련하게 되었다. 하지만 몇 년 후에는 처가가 있는 군포의 산본 신도시로 이사를 하여서 오래 살게 되었다. 산본 우리 집은 수리산 자락 바로 밑이라 공기도 좋고 매일매일의 가벼운 산행은 나에게 일상을 살아가는 큰 힘이 되어 주었다.

　산본 집은 산본 IC 입구에 있어 차가 고속도로로 진입하기에 용이하였지만 서초구 내곡동 어린이병원으로 가는 자가용 출근길은 매일 아침 고난의 연속이었다. 더구나 병원 생활 초기 5년간은 당시 승차감이 좋지 않은 무쏘 스포츠 픽업차가 나의 자가용이었다. 무쏘 스포츠는 차 이름에 스포츠 이름이 있어서 나도 생전에 한번 스포츠카를 타고 싶어서 샀지만, 나중에 알고 보니 스포츠카는 아니었고, 승차감도 좋지 않고, 화물차로 등재되어 있어 배기가스 검사도 자주 받아야 했다.

서초구 내곡동도 범 강남권이었고 특히 염곡사거리는 10년 내내 공사를 하여 아침 출근길, 저녁 퇴근길 시간이 항상 오래 걸렸다. 집에서 직장까지는 대중교통이 불편하여 출퇴근이 매우 힘들었는데 콩나물시루 광역버스 노선 한두 개에 의지하여 매일 출근하는 것은 불가능했고 그것도 1시간 20분이 걸리는 시간이었다.

아침 출근 때마다 강남 가는 길(출근길)이 힘들구나 하고 항상 느꼈다. 사람들은 강남으로 몰린다. 강남에 많은 직장이 있고 강남과 가까워야 집값도 더 비싸고. 이러한 경향은 요즘 더 심해지는 것 같다. 우리나라 모든 인적, 물적 인프라가 강남으로 집중되어 있으니 아침 강남 방향 출근길은 항상 막히고, 반대로 퇴근길은 강남에서 변두리로 가는 차들로 막힌다. 강남에 터를 일찍부터 잡고 생활하는 사람은 얼마나 좋을까 하는 생각을 하면서 지긋지긋한 출근 전쟁을 끝내기 위해서라도 나도 강남에 언젠가는 입성해야지 하는 마음을 늘 다져보았다.

수도권에 사는 한국인, 아니 상당수 한국 사람의 최종 목표는 강남으로 상징되는 부와, 권력과 정보의 심장부이다. 희화적으로 이야기하면 모든 고통이 멈추고, 행복과 지상 낙원이 시작되는 곳 강남. 사실내가 어렸을 때 생각했던 강남의 초기 이미지는 차량 유통량 많아 공기 좋지 않고, 물가 비싸고 경쟁이 심한 약육강식의 정글로만 느껴졌다. 물론 지금도 이러한 생각은 남아있다. 여우가 신 포도를 보고 지나치는 상황일까?

요즘 현대인들은 빨리 좋은 것을 먹고, 빨리 배설하고, 많이 쉬고,

빨리 출근할 수 있는 것이 행복이라고 느끼는 것 같다. 과연 그러한 강남으로 상징 지워지는 삶의 끝은 무엇이 도사리고 있을까? 허무가 아닐까? 그럼에도 인간의 동물학적 본성상 자본주의가 사라진다 해도 지구가 멸망하기 전까지 강남으로 상징되는 인간의 욕망은 끝이 없을 것이다.

우리는 초등학교 때부터 자녀들에게 선행학습을 강요하고, 그것은 중학교, 고등학교 시절로 이행되고, 심할 때는 아동학대라고 느낄 정도로 과도한 학습에 내몰리게 한다. 목표는 오직 하나. 스카이 캐슬에 해당하는 대학에 가고, 삼성 같은 안정적인 대기업에 취업하거나 의사나 법조인처럼 안정적인 직업을 가지고, 예쁘고 잘 생기고 유전자가 좋을 것이라고 생각하는 사람과 결혼하고, 2세를 낳아 아이들은 강남권 환경에서 교육하고, 나이 들어 죽을 때는 꼭 강남권이나 대형 빅파이브 병원에서 장례식을 치러야 천국에 가는 양 대형 병원에서 장례식을 치르고.

많은 한국 사람들은 이러한 컨베이어 벨트 시스템에 대부분 올라타서 살게 되고 컨베이어 벨트는 우리가 큰 결심이 서거나 죽기 전까지는 잘 멈추기 어렵다. 올라타지 않거나 올라탔지만 도태하거나 탈락한 사람을 우리는 심지어 사회적 루저라고 부르기도 한다.

결국 이것은 유전자에 기반한 인간의 본성이라 생각하며 어느 정도는 어쩔 수 없는 부분이 있다고 생각한다. 소련 등 공산주의의 실험의 실패에서 증명되었듯이 사람의 유전적 본능이기 때문이다. 나도 그렇게 살아왔고 지금도 그러한 범주에서 크게 벗어나서 살고 있지는 못하고 있다. 사실 나도 내가 사는 아파트 집값의 오르내림에 대하여 네이버 검색을 하고 살아왔던 것 같고, 최근 아내도 주식을 하면서 자주 주식시세를 보는 것 같다. 이러한 것에 소모되는 많은 시간만 줄이고 좀 더 본질적인 것에 시간을 보냈다면 더 행복해질 수 있었을 것 같은 후회도 좀 된다.

강남으로 상징되는 원초적 행복으로 한 발짝 더 가깝게 가려는 본능은 영원히 없어지지 않을 것이다. 그것은 수억 년대로 진화되어 내려온 인간의 이기적(또는 자연적) 유전자를 부인하는 것이기 때문이다. 하지만 그러한 강남지향 삶만이 행복한 것이 아니라는 것을 요즘 나이 들어 느끼고 있다. 삶의 본질적 가치에 대하여 고민이 많아질수록 강남에서 멀어지는 삶을 살려고 노력을 해야 할 것이라는 생각이 많아지는 요즘이다. 인간의 본성은 강남에 대한 지향과 강남을 극복하려는 지향이 모두 있는 것 같다.

수리산의 사계

산본에서 10년 넘게 살면서 수리산은 나의 말 없는 좋은 친구가 되었다. 게다가 내 집은 수리산 자락 바로 밑에 있고 이것은 엄청난 행운이다. 일주일에 한두 번은 평일 저녁이라도 집에 오자마자 밥을 간단히 먹고 2ℓ 페트병 4개 정도가 든 배낭을 메고 수리산 입구 약수터로 출발한다. 이 약수로 우리 가족은 밥도 해 먹었고, 커피도 끓여 마셨다. 8ℓ (때로는 12ℓ) 약수 배낭을 메고 2km 정도 걷기가 쉽지는 않지만, 무거운 짐을 짊어지는 연습해야 실생활에서 더 큰 짐을 버티어 내고 가볍게 살아낼 수 있다고 생각을 하며 휘청거리는 걷기를 기분 좋게 했다.

주말에는 혼자 두 시간 정도 걸리는 수리산 둘레 길을 한 번쯤은 걷고, 한 달에 한 번 정도는 큰 맘 먹고 슬기봉이나 태을봉 정상까지 가기도 한다. 배낭에 1,500원짜리 김밥과 사과 한 개, 초코파이 한 개,

삼다수 500㎖면 준비 끝이다. 나만의 오롯이 행복한 시간이다.

수리산을 산본 아파트 단지에서 시작하여 오르는 길은 평이하다. 먼저 둘레 길은 생각보다 사람이 적고 나 혼자 호젓하게 이 생각 저 생각하면서 걸을 수 있는 좋은 길이다. 몇 년 동안 떨어진 낙엽이 차곡차곡 쌓여 두껍게 깔린 산에서 발에 닿는 흙과 낙엽의 좋은 쿠션 감각은 내 발과 마음의 행복한 순간이다. 흙과 돌이라는 지구의 일부를 내 발로 딛고 밟고, 길가의 풀도 구경하고, 비가 온 후 며칠 간은 개울물도 볼 수 있는 호사가 있다. 걷다 보면 일주일의 피로를 회복하고 다시 일주일을 살아낼 용기를 얻는다. 둘레 길을 걸으면서 지나온 일주일을 돌아보고, 때로는 지나온 날들을 반추하기도 하고, 다가올 일상에 대한 구상도 하기도 한다. 직장 일, 가족에 대한 일, 인생에 관한 일. 아팠던 마음의 상처가 있었으면 조금은 아물게 되고 미운 사람도 조금은 용서하는 너그러운 마음이 생기는 시간이며 번뜩이는 새로운 일에 대한 구상도 생기는 순간이다. 한번은 편마비된 20대로 보이는 장애인이 둘레 길은 걷는 것을 보면서 애틋하면서도 뿌듯한 마음을 가진 적도 있었다. 대부분 둘레 길 산행은 혼자 다녔는데 아이들과 아내가 산을 별로 좋아하지 않기 때문이다. 내가 적극적으로 나서서 주말에라도 자주 같이 다닐 걸 하는 후회가 요즘 든다. 초등학교에 다니는 딸은 산에 가는 것을 별로 좋아하지는 않지만 산에서 먹는 사과는 엄청 좋아한다. 어쩌다 산에 같이 가면 꼭 사과를 가져왔냐고 나에게 물어보곤 했다. 둘레 길을 걷다 보면 '수리사'라는 절이 나오고 여기에는 큰 개가 있어 근처를 지나가면 크게 짖곤 해서 긴 거리로 돌아가야만

했다. 하여간 산에 절이 있다는 것은 산에 대한 흥취를 돋우는 것이고 가끔은 불교적 교리에 대하여 생각해 볼 기회도 준다. 현대인들은 혼자 있는 시간이 필요하다 하는데 나는 사실 혼자 있는 시간이 많았고 산도 혼자 가는 것에 너무 익숙해져 온 것 같다. 때로는 단체로 산에 가는 산악회 비슷함 모임에서 서로 먹는 것도 나누고 정상에서 막걸리도 한잔 하는 모습을 보면 부럽고 내 마음이 쓸쓸한 적도 있었다.

수리산에는 슬기봉, 태을봉, 관모봉 3개의 큰 봉우리가 있다. 봉우리마다의 한자는 잘 모르지만 슬기가 필요할 때는 슬기봉, 용기가 필요할 때는 최고 높은 태을봉, 안양으로 산을 아예 넘어 가서 병목안으로 가는 장거리 걷기를 원할 때는 관모봉을 갔다. 슬기봉은 오르기 제일 평이한데 오르는 마지막 끝자락은 계단이 있어서 좀 힘들다. 태을봉은 마지막 오름처에 돌바위가 있어 안전 바를 잡으며 올라야 하는데 산 정상에서 내려다보는 경치가 제일 좋다. 관모봉에는 꼭대기에 항상 태극기가 꽂혀 있는데 산악회들이 제법 많이 오곤 했다.

수리산은 계절적인 변화마다 매력이 있다. 봄에는 철쭉이 많고, 개나리도 좋았는데 최근 몇 년간은 봄에 미세먼지가 많아 못 가는 날이 많았다. 여름에는 풀이 많이 우거져서 길이 변하기도 하고, 내가 밤에도 산행할 수 있는 익숙한 산인데도 당황할 때도 있었다. 여름에 산에서 내려와 수리산 입구 분식집에서 먹는 김치동치미 국수를 먹는 것은 최고의 호사였다. 가을에는 낙엽이 떨어지고 바람도 많이 불어 마음이 쓸쓸할 때도 있지만 공기가 좋고 푸르른 하늘을 볼 수 있어 좋았고,

겨울산은 눈이 내리면 미끄러웠지만 하얀 설경도 구경하고 연말연시 새해 구상도 할 수 있어서 좋았다.

　나는 가을의 수리산을 제일 좋아한다. 봄에는 날이 따뜻하고 내가 좋아하는 개나리가 피지만 등산객들이 많고 꽃에 벌이 많아 겁나는 경우가 많고 여름에는 조금은 덥고 여름 특유의 잔 벌레들이 산행하는 나에게 달려드는 경우가 많다. 가을은 등산하기 제일 좋게 날씨도 서늘하고 가을 나뭇잎이며 단풍잎 냄새가 너무 좋고, 운이 좋으면 철모르게 가을에 핀 내가 좋아하는 개나리를 볼 수도 있다. 가끔은 산에서 비를 맞게 되는데 서늘한 산 냄새, 나뭇잎 냄새가 내 코를 자극하여 행복하고, 길가 쪽으로 내려오면 빗물 머금은 아스팔트 냄새도 싫지만은 않다. 늦가을이면 산에 수북이 떨어져 쌓인 낙엽을 보며 낙엽시체라는 생각을 떠올리곤 한다. 이 낙엽시체가 거름이 되어 나무도 자라고 길가의 꽃도 피게 되고. 사람도 우리 세대가 사라져야 다음 세대가 자라고 그렇게 되는 것이 자연 순환의 법칙인데 우리는 스쳐 지나가는 인생을 왜 그렇게 아쉽게만 생각할까?

　수리산에서 집으로 다시 돌아오는 저녁이면 달이 나의 왼쪽 수리산 하늘에서 나를 따라온다. 집까지 계속 따라오고 날씨가 좋은 날이면 별도 꽤 볼 수 있다. 내가 살아있음을 만끽하는 순간이다. 나의 40대 초반부터 최근까지 나를 버티게 해주고 상상력을 키워준 수리산은 아주 고마운 존재이다. 세상에 대하여 살아갈 용기를 주고 상상력을 주었다.

애달픈 노동

동네 길을 다니다 보면 연민의 정을 일으키는 어르신 분들을 보게 된다. 파지를 모으시고 수집한 파지를 운반하기 위해 리어카를 모는 할아버지. 뒤에서 리어카를 미는 등이 굽은 할머니. 숨이 차시는지 코로나 시대임에도 마스크가 턱에 씌워져 있다. 일당 일이만 원이나 버실까? 먹고 살기 위해서일까, 손자에게 과자를 사주기 위함일까, 집에 아파서 칩거 중인 자식을 위해서일까? 무엇이 70대로 보이는 노부부를 젊은 사람도 힘든 노동의 현장으로 내몰았을까?

내가 몇 만 원을 드리면 오늘은 쉬실 수 있을까 하는 생각도 해 보았지만 사실 그런 용기도 나에게는 없다. 길에서 제조처도 불분명한 수제두부 파는 아주머니. 시장 입구 바닥에서 나물, 비누 파는 할머니들. 허리통증이 얼마나 심하실까? 찬 바닥에 판지 하나 깔고 굽은 허리로 온종일 길에 쪼그리고 앉으시어 도라지껍질을 까고 계시는 할머니들. 길에서 온종일 앉아 부의 봉투, 결혼 축하 봉투 파는 할아버지. 하루에 얼마나 버실까? 이러한 분들을 보면서 나도 한때는 대형마트보다는 길 노점상에서 물건을 팔아드리는 휴머니즘을 가졌었는데 나이가 든 지금은 내 마음이 무뎌졌는지, 아니면 품질 문제로 가족들에게 먹었다 탈이라도 날까 봐 의심이 많아졌는지 팔아 드릴 용기가 없어졌다. 하지만 아직도 많은 분들은 길 노점상 할머니, 할아버지의 물건을 팔아드린다. 아직도 잔정이 많은 착한 이웃들이 있다.

리어카로 파지 줍는 할아버지와 길에서 쪼그리고 앉아서 이것저것 파시는 할머니 사이에는 서로 마주치시면 인사하는 동료애적 따뜻함이 흐른다. 한편으로는 돈이 필요하시어 노동을 나오셨겠지만 많은 연세에도 몸을 움직여 노동할 수 있다는 것은 마음만은 건강하시다는 뜻이 아닐까?

좀 다른 차원의 이야기겠지만 눈이 오는 날 요구르트를 실은 전동식 간이 이동카를 타고 나가시는 요구르트 판매원 아주머니를 본 적이 있다. 눈이 와 길은 미끄러워졌지만 전투에 나가는 군인인 양 따뜻한 복장으로 완전 무장하고 생활전선으로 나가신다. 눈이 오는 날 그러한 광경을 보면 애잔하기도 하지만 본인과 가족의 생계를 위해서 정직하게 살아가시는 우리 이웃들의 모습이라고 생각한다.

작년 1월 코로나가 본격화되기 전 일본 삿포로에 간 적이 있었고 오타루라는 소도시도 들렀다. '오갱끼데스카'라는 대사가 나오는 영화 '러브레터'의 촬영 장소이기도 했고 겨울에는 눈이 1m 이상

쌓이는 곳이라고 했다. 영하 15도에 눈이 너무 내리고 바람이 불어서 앞이 보이지 않을 정도였다. 이러한 와중에도 여행객 중에는 사람이 끄는 인력거를 타고 관광지 구경을 하는 사람이 있었다. 미끄러운 눈길에도 인력거를 끄는 30대 정도 젊은 남자운전사의 손은 동상인지 빨갛고 두껍게 부풀어 올랐고, 얼굴도 빨갛게 달아오르고 입에서는 하얀 입김이 계속 뿜어져 나오고 있었다. 어찌 보면 신성한 노동이지만 하필이면 엄청 추운 날 생존을 위해 인력거를 끄는 육체노동을 하는 젊은이의 쓸쓸한 그림자를 본 것 같아 잠시나마 마음이 무거웠다. 아니면 신성한 노동을 바라보는 나의 시각을 교정해야 하는 것일까?

세상은 살아가는 것인지 살아내는 것인지 모를 때가 있다. 젊었을 때는 살아가다가도 나이가 들면 살아내는 것이 맞을 수도 있다. 나도 살아가기 위해 가족의 생계를 위하여 노동을 계속해야 한다. 사실 우리 인간은 죽는 날까지 어떠한 형태로든 노동해야 한다. 일일부작 일일불식一日不作 一日不食이라는 말도 있지 않은가? 갑자기 연탄불이 생각난다. 살아있을 때는 스스로를 태워 남을 따뜻하게 해주고 죽은 후 재가 되어서는 겨울 동네 아이들이 놀다가 미끄러지지 않게 해주는 존재. 나는 그러한 존재가 되어보려고 노력한 적이 있던가?

별, 우주, 생명, 인연

여행은 늘 즐겁다. 특히 비행기를 타고 큰 맘 먹고 가는 장거리 여행은 더 설레고 일상의 활력소가 된다. 비행기 운항 중 하늘에서 비행기가 심하게 흔들리면 마음이 긴장되고 순간 생과 사에 대한 겸손과 기도 모드가 되고 기장의 터뷸런스 방송이 나와야 안심이 되는 순간이다. 비행기 이착륙 때 하늘에서 보이는 지상의 건축물은 성냥갑보다 작고, 흐르는 강도 내 새끼손가락보다 작게 된다. 그때마다 느끼는 것은 지상 세계의 아귀다툼, 내가 소유한 지상의 아파트 한 칸에 집착하는 것이 얼마나 초라한 일인가 하는 마음이다. 그래서 가끔 있는 비행기 여행은 나에게 겸손과 반성의 시간을 주곤 한다. 하지만 그러한 인생과 세계에 대한 진지함도 비행기 착륙 후 몇 시간에 사라지고 작은 소유물과 이기심, 그리고 현실 세계의 경쟁 속으로 급격히 빨려 들어간다. 한편으로는 그러한 부대낌과 속물근성이 사람의 태생적인 운명이자 한계라는 것을 느끼면서.

십여 년 전 겨울 안면도에 가족여행을 간 적이 있었다. 펜션에서 새벽에 혼자 나오니 싸늘한 밤의 공기는 폐부를 차갑게 하였고 하늘에 꽉 찬 별들은 지평선까지 뻗쳐있어 내가 생의 한가운데 있음을 느끼게 해주었다. 그렇게 아름답고 별이 하늘에 꽉 찬 밤하늘은 그때가 처음이었던 것 같다. 한편 낭만적인 별과는 다르게 자연과학적 별과 우주는 우리를 겸손하게 만든다. 우주의 나이는 137억 년 되었다고 하나 인류의 역사는 길어야 몇 만 년. 역사가 기록된 것은 수천 년에 불과하다. 태양과 같은 별이 4,000억 개가 있어 우리 은하계가 되고 은하의 수도 1,000억 개라고 한다. 별의 수는 1,000억 곱하기 1,000억, 그리고 빛이 있어야 별도 볼 수 있는데 지구에 도달하는 빛은 우주 전체의 빛의 1% 미만이며 약 700해 개의 별들이 있다고 추측된다. 태양에서 나오는 빛이 지구에 도달하는 시간은 8분 걸리므로 우리는 8분 전의 태양을 보고 있고, 오늘 밤 별 중의 하나는 별빛이 수천 년 전 빛의 속도로 달리기 시작하여 오늘 밤 도달한 별빛이니 수천 년 전 과거의 별을 보고 있는 셈이다. 우주 전체로 보면 먼지 크기도 안 되는 지구라는 조그마한 공간 속에, 두께가 10km밖에 안 되는 대류권이라는 아주 얇은 지구 표면에 우리는 모여 살고 있다. 이 얇은 공간 속에서 눈이 오고, 비가 오고, 생로병사가 있고, 미움과 시기와 질투 — 그리고 진리에 대한 갈망과 사랑이 있다.

영겁 시간 속 찰나에 불과한 우리가 사는 백 년 이내의 시간, 그리고 무한대의 아득한 우주공간에 비하면 한 점도 안 되는 현 지구 공간을 공유하는 우리 동시대인들은 사실 확률로는 제로에 가까운 인연으로 만나 살고 있다. 내가 숨 쉬는 공기 속의 산소분자는 1년 전 한 인도 사람이 마시던 산소일 수도 있고, 내가 아침 먹은 밥을 키운 논의 흙은 오래전 사망하여 부패하여 흙으로 돌아간 사랑하는 사람의 원소가 섞여 있을 수 있다. 나의 아내, 가족, 친구, 직장 동료를 오늘 현재의 시간과 현재의 지구의 공간 속에서 만나는 것은 엄청난 인연이다.

과거에 맞이했던 모든 인연, 그리고 이 순간 우리가 맞이하는 모든 인연은 매 순간 놀람과 경의, 사건들의 연속이다. 짧은 시간과 작은 공간을 공유하며 생을 통과하는 우리는 동시대인들에게 좋은 인연이 되도록 노력하고 힘을 내라고 격려해야 한다.

과거의 인연들을 반추하며, 지나가는 현재의 인연을 그리워하며, 새로 마주치게 될 인연에 설레며 인생을 살아간다. 오늘 하루도 많은 인연이 만들어졌고 추억이 되었다. 새해를 맞는 설렘, 긴 호흡 강한 걸음으로 인연을 준비한다. 길이 있어야 가는 것이 아니고 가다 보면 길도 인연도 또 만들어지는 것이 아닌가?

위의 글은 서울특별시 어린이병원 병원장 시절 '꿈꾸는 나무'라는 병원 소식지에 내가 투고했던 글이다. 당시는 '인연'이라는 제목으로 투고했었고, 당시 다른 사람이 숨을 쉬는 공기를 내가 들여 마시게 되는 엄청난 인연은 몇 년 전 유행한 메르스 사태를 생각하면서 쓴 글이었는데 우연히 이 글을 쓴 2개월 후 전 세계적으로 코로나19가 유행하는 코로나 팬데믹 감염사태가 오고야 말았다.

　나는 원래 천문학에 관심이 많았는데 천문학을 잘할 머리는 되지 못했다. 하지만 요즘도 광활한 우주에 관한 관심이 많고 나이가 들수록 생명의 신비에 놀랄 때가 많아진다. 태양을 통하여 전달되는 빛에너지가 식물의 엽록소에 전달되어 공기 중 이산화탄소와 물과 결합하여 포도당이 만들어지는 광합성이 지구 생명의 원천이다. 어떻게 태양 빛의 일부 파장인 광자가 생태계의 시작 단계인 생산자인 식물을 만들고 지구 상의 생태계 순환이 시작되는지 놀라울 따름이다. 우리는 태양 빛 에너지에 의존하여 생명을 유지하여 살고 있는 셈이다. 과거에 단순한 지식과 암기로만 알던 자연의 신비가 요즘 나이가 들어 생각해 보면 너무 엄청나고 신비로운 사건이 매 순간 벌어지는 것이다. 장미꽃 한 송이가 만들어지는 신비, 과학이 발전했어도 공장에서는 씨앗 없이 장미꽃을 만들 수가 없는 것이다.

　그러면서 한편으로는 우주 먼지의 티끌처럼 작은 인간의 존재, 그리고 나중에는 원소로 우주로 사라질 사람의 운명을 생각하며 겸손한 마음을 가다듬고는 한다. 나는 우주를 구성하는 유기체의 하나로서 언젠가는 다시 분해될 운명이지만 분해되기 전까지 더 많은 우주의 신비를 알고 느끼고 싶다.

3개의 사과

　나는 사과라는 과일을 좋아한다. 특히 산에 가서 껍질을 까지 않고 약수로 한번 헹구어 입으로 사과를 베어 먹는 순간은 산행 중 가장 행복한 시간이다. 한국 사람들에게 사과라는 존재는 과일의 대명사이자 쌀, 소 등과 함께 한국인의 정서를 대변하는 먹거리라고 할 수 있을 것 같다.

　인류의 역사를 바꾼 3개의 사과가 있다고 한다. 혹자는 세잔의 정물화까지 4개의 사과라고 말하는 사람도 있지만. 내가 말하고자 하는 것은 아담과 이브의 사과. 뉴턴의 사과. 그리고 스티브 잡스가 아이폰을 만든 애플 회사의 사과이다.

　헬레니즘과 더불어 서양 문명의 양대 산맥인 히브라이즘의 토대가 되는 성서. 기독교 정신을 토대로 하는 히브라이즘은 르네상스까지 서양문명 1,500년을 지배했던 정신문화였고 현재도 인류에게 많은 영향을 끼치고 있다. 아담과 이브가 선악과를 따 먹은 다음부터 인간의 수치심이 생겼다는 구약성서의 이야기는 일면 신화 같지만 일면 사람이 자연 상태의 동물적 조건 속에서 수치심, 생존 이상의 물질추구에 대한 탐욕적 이기심, 자기 자신의 행동과 업에 대하여 책임을 지어야 하는 탈 동물적 선언의 시작이라고 할 수 있다. 원시적 동물 상태의 인간은 먹고 살고, 배설하고, 번식하는 형태의 생태계 일부였고 윤리적 책임도 있다 할 수 없겠지만, 아담과 이후부터는 사고하고 선택하고, 가치를 추구하게 되는 세계 속에서 자유 의지를 갖게 되고 거기에 따르는 책임을 지게 되니 꼭 좋다고만은 할 수 없는 노릇이 되었다.

두 번째의 사과는 뉴턴이 만유인력을 발견한 계기가 되는 사과의 자유 낙하 관찰이다. 만유인력을 발견하고, 태양과 행성의 운항, 자연계의 질서에 대한 것을 수학적으로 표현함으로 인류는 이 우주를 과학적으로 이해하는 존재가 되기 시작했다. 그 이후로 경험론 중심 철학, 과학의 발전으로 인간이 좀 더 편하고, 이성적인 판단에 근거하여 행동하고, 원시적 탐욕 외에 다양한 인간의 욕구를 실현할 수 있는 토대가 되었다. 점차 우리는 신의 영역이라는 미지의 영역까지 추구하게 되었고, 탐욕의 결과로 좀 더 많은 살상을 가져오는 대규모의 전쟁, 핵무기의 제조, 환경의 파괴와 지구 온난화, 신종 전염병의 유행 등 인간이 신봉하는 과학이 다시 인간의 우주상 생존을 위협하는 상황에 이르게 되었다.

마지막 사과는 스티브잡스의 사과로 상징되는 인터넷 IT 혁명이다. 나는 10여년 전부터 스티브잡스의 스탠포드 졸업식 연설 동영상을 수백 번 보았고, 영어 스크립트도 어느 정도 외워서 많은 도움을 받은 적이 있어 스티브 잡스의 팬이 된 적이 있었다. 삶에의 자세, 죽음의 철학, 사랑과 일의 의미 등 많은 도움을 받았던 연설이다. 아래는 대표적인 스크립트 중의 하나이다

"If today were the last day of my life, would I want to do what I am about to do today?"

하여튼 IT혁명은 인간의 삶을 더욱 편하게, 세계를 더욱 빠르게 연결되게, 많은 정보를 보다 빠르게 얻을 수 있게 하여 삶의 양식을 이전과는 비교할 수 없는 엄청난 속도로 바꾸어 놓았다. 모든 아날로그 환경이 디지털화되면서 개인은 원하지 않아도 타인과 반강제적으로 연결되게 되었고, 그러한 기능을 잘 쓰는 기업의 생산성은 높아지고, 그렇지 못하는 경우는 생존에서 도태되는 환경이 벌어지고 있다.

인터넷 혁명으로 각 개인 간은 더욱 연결되고 개인의 여가시간은 늘어났지만 한편으로는 개인은 파편화된 조각이 되고, 스마트폰 노예가 되어가고 있다는 것이 나의 생각이다. 사실 나도 그렇다. 스마트폰이 손에 없으면 불안해한다. 인터넷에서 얻은 단편적인 지식으로 세상을

살아가고, 전체적인 사고보다는 필요한 부분만 발췌하여 정보를 얻고 활용하는 세계가 되었다. 인간의 이성과 감성, 가치관도 변하고 있는 것 같다. 만약 외계인이 지구를 정복하여 인간을 감옥에 가둔다 하더라도 감옥 속의 사람은 스마트폰 하나만 던져주고 밥만 주면 감옥소에서라도 머리에서 엔도르핀이 계속 나와 행복할 수 있을 것이라는 상상도 해본다.

길을 걸어가면서도, 엘리베이터 기다리면서도, 잠시 휴식 시간에도 핸드폰을 만지작거리고 검색한다. 사실 검색하는 대부분 내용은 우리 인생에서 중요하지도 않고, 시급하지도 않고. 잠시나마 머리의 흥미회로와 행복회로를 돌리기 위함이다. IT시장의 확장으로 온라인 게임시장도 성장하고 있는데 상당수가 전쟁이나 싸우는 내용이다.

하여간 나도 이전에 비해 코로나로 인한 온라인 환경의 확장이라는 영향도 있겠지만 더욱 주변 이웃들과 관계가 적어졌다. 주차장에 전조등 켜진 채 주차된 차 주인한테 과거에는 반드시 전화로 알려주어 배터리 방전 위험을 알려줬지만 지금은 차 운전석 앞에 놓여있는 핸드폰 번호로 전화하면 내 발신번호가 상대방에게 노출되고 자동으로 카톡 등으로 연결되어 범죄에 쓰일 수도 있다는 과도한 상상력이 이웃에 대한 조그만 배려도 망설여지게 한다. 버스나 전철 안에서 대부분은 휴대폰을 보고 있고, 심지어 아파트 옆집에 누가 사는지 잘 알지도 모른다. 심지어 평소에도 선글라스를 착용하고 다니는 사람들을 보면 자기 자신을 들어내기 싫어하는 극단적 개인주의, 외부 세계로부터의 입력을 덜 받기 위한 자기 보호책 등이 아닌가 하는 나 나름대로 추측을 하게 된다. 사람들끼리 얼굴을 바라보고 눈을 서로 바라보며, 서로를 확인하는 인간과의 연대가 점차 줄어들고 있는 것은 아닐까?

IT혁명은 인간의 삶을 혁명적으로 변화시켜 육체노동을 덜 하면서 편하게 만들고 개인 여가를 늘리고 있지만, 인간 삶의 본질적 목적, 아날로그적 인간 연대가 주는 행복감은 주지 못할 것으로 생각한다. 영화 '34번가의 기적'에 나온 사랑과 희망, 영원에 대한 인간의 믿음과 아날로그적 상상이 앞으로 점점 심해질 것으로 예상하는 디지털 혁명 시대에도 계속 유지 될 수 있을까? 그것은 우리가 어떻게 사용하는지에 달려있을 것이다. AI가 어떠한 변화를 가져올지 나 같은 비전문가는 상상조차 불가능하다. 이러한 걱정을 하는 나를 시대에 뒤떨어진 이른바 쌍팔년도 꼰대라고 하는 사람도 있을 것이다.

3개의 사과는 우리 인류에게 명과 암을 주고 있다. 3개의 사과를 우리가 소유함으로 인간의 편리함은 더 커지고, 더 많이 알게 되었지만 지구와 인간의 미래에 대한 인간의 책임은 점점 더 커지게 되었다. 우리가 지속가능하며 인간의 존엄성(있다고 믿고 싶다)을 지키는 지구에서의 삶을 위해서 3개의 사과는 조심히, 소중히, 심사숙고하며 사용해야 한다.

존재론이냐 관계론이냐

　신영복 선생님의 '더불어 숲'이라는 책을 보면 '존재론에서 관계론으로'라는 문구가 나온다. 존재론적 사고에서 인간의 구원은 오지 않으며 진정한 행복은 인간의 관계 속에서 온다는 내용이었던 것으로 기억된다.

　사람은 태어나면서부터 한 명의 개별적 존재로 태어나지만 바로 가정이라는 관계 속에 편입되어 돌보아 지고, 성장하면서도 다양한 관계 속에 편입된다. 관계를 맺지 않는 인간들은 생존은 물론, 소위 말해서 인간으로서의 품위를 유지 하면서 살기가 어렵다. 하지만 개별적 존재로서의 인간은 관계론 속 세상 속에서도 자기 자신의 존재론적 의문을 계속 가지게 된다. 관계론은 인간이라는 종류Species를 이 지구 상에서 계속 유지하려는 방편이자 유한한 인생 속에서 의미를 찾으려는 방편이라는 생각도 들 수 있다. 결국 개별자로서의 존재의 의미는 의식하고 있는 자기 자신이 스스로 찾을 수밖에 없다는 것을 알게 된다. 사람은 혼자 태어나서 혼자 죽는다는 것을 생각하면 말이다.

존재론적 사고는 사회주의 철학이 본격적으로 나타나기 전의 서양 사고 체계의 근간이며 특히 기독교적 영향이 크다고 할 수 있다. 내가 끝나면 이 세계는 끝나고 세상과 나뉘는 나 자아에 대한 성찰과 개인적 구원에 대한 염원이 담긴다. 동양적으로는 불교의 사상(특히 대승불교)이 존재론에 가깝다고 생각하며 부처님이 말씀하신 해탈과 열반도 그러한 기본 기조가 깔렸으며 거칠게 표현하면 자유주의, 개인주의적 인간상에 가깝다고 할 수 있겠다. 하지만 존재론적 구원을 위해서 관계론적 자비가 이루어져야 함을 생각하면 불교에서는 존재론적 해방을 이야기한 것만은 아닐 것이다.

관계론적 사고는 인간은 생물학적으로 유한하므로 구원은 관계론 속에서 오며 인간이라는 종류의 영속성과 사랑하는 사람들과의 관계에서 구원을 바라보아야 한다는 것이다. 동양의 유교적인 제도는 가족, 사회 공동체를 중요시했고 개인보다는 사회, 그리고 자손으로 내려가는 유전자 대물림을 인생의 큰 보람으로 여겼다. 특히 동아시아에서 행해지는 논농사 재배 양식은 집단적 공동체가 있어야 농사를 지을 수 있었기에 관계론적 사고가 많이 지배했을 것이다.

관계론적 사고의 최근 역사적 정수는 마르크스 레닌주의와 주체사상이다. 인간의 구원을 개별적 존재로서가 아니라 눈물도 착취도 없는 사회에서의 사회적 관계 개선을 통하여 올 수 있다는 것이다. 레닌의 볼셰비키 혁명은 굶어 죽지 않는 것이 사는 것의 목적이 되었던 인민들의 바람이 일시적이나마 현실화 된 듯 보였다. 그러나 생산력과 생산관계에 매몰된 세계관, 인간의 참을 수 없는 이기심(수십만 년간 DNA 속에 내재되어 내려온)을 인정하지 아니하는 사상은 오래 버티지 못하는 것을 우리는 사회주의 붕괴(공산주의 붕괴)로 목도해 왔다.

관계론적 구원의 왜곡된 주장은 주체사상에서도 잘 나타난다. 나는 주체사상을 정확히 잘 알지 못하고, 북한에서의 통치 이념이었던 주체사상도 이제는 많이 퇴색되었다고는 들었다. 하지만 인간의 사회성만으로 인간의 존재적 탐색과 본능과 이기적 탐욕(이기적인 것이 나쁜 것만은 아니지만)을 무시하고 주관적 선언주의에 입각한 구원론은 관계론적 구원론이 아니라 사회구성원으로부터 걸러지지도 않고 동의도 받지 않은, 그리고 우리식 사회주의라는 미명아래 왕족 통치를 정당화하기 위한 민족주의 우선의 궤변이 될 수밖에 없다.

한편 너무 환원론적 얘기 같지만 최근 코로나 대응을 보면서 개인의 자유를 중요시하는 유럽과 미국의 방역실패, 그리고 집단을 중요시하는 한국, 일본, 중국, 대만 등 동남아시아 방역 선방을 비교해 보게 된다. 생존을 위해서는 집단의 협업이 절대적이었던 논농사 위주의 사회에서 형성된 관계론적 집단의식과 대응이 이번 코로나 방역 선방에 큰 영향을 끼쳤다고 생각한다. 한편으로는 개인의 자유가 너무 침해된 전체주의 사회에서의 행복은 과연 무엇일까라는 우려도 있지만.

결국 존재론과 관계론은 인간이 존재하는 방식을 규정하는 양날개적 철학이라고 생각한다. 관계론 없는 존재론은 동물의 왕국식의 세상, 극단적 개인주의, 생물학적 생존의 어려움과 개인 인생의 쓸쓸함과 허무함을 가져오고 아리스토텔레스가 말한 '인간은 사회적 동물이다'라는 명제를 부정하는 것이 된다. 또한 존재론 없는 관계론은 실용주의, 집단주의, 결국 혼자 태어나서 혼자 죽는 개별적 인간의 운명에 대한 이해 부족이 되고 세계를 너무 인간 위주로 해석하는 오류가 발생할 수도 있다. 어느 쪽이 우세한 삶을 사는가 하는 것은 개인의 선택이다.

여행의 즐거움

　근육의 힘이 약해져 다리가 떨릴 때 여행가지 말고 가슴이 떨릴 때 여행을 떠나라는 말이 있다. 나는 아직 여행에 대하여 가슴이 떨리는 마음이 남아 있으니 노년이 된 것이 아닌 것은 확실한 것 같다.

　미지의 세계, 한 번도 가보지 않은 곳에 대한 동경은 누구나 있겠지만 나는 어렸을 때부터 방랑벽에 가까운 여행에 대한 갈망이 있었다. 완고하신 부모님, 평생 비행기도 타보지 못하시고 고생하신 부모님에 대한 미안한 마음으로 여행을 자주 가지 못했다. 결국, 부모님들은 70세가 넘은 나이에야 나의 아내, 아들과 함께 제주도, 그리고 설악산으로 가는 최초 비행기 여행을 하게 되셨다.

　고등학교 때 국토지리라는 과목이 있었다. 당시 선생님이 대학교 시절 동료 친구들과 지리산 여행할 때, 세찬 바람 불고 꽃피는 봄날 지리산 노고단 산등성이의 아름다웠던 순간을 이야기하실 때부터 나에게는 지리산에 대한 동경이 생겼다. 학생운동에 관심이 많았던 시절에는 죽는 마지막까지 자신의 이데올로기를 지키다가 지리산에서 죽어간 빨치산에 대한 막연한 동경을 가지기도 하였다. 특히 피아골 계곡 단풍은 제대로 한 번도 보지 못하였지만, 항상 동경의 대상이 되었다.

대학교 시절 비가 오던 어느 날, 의대 산악반 동아리 친구와의 뱀사골 산행도 기억난다. 비가 많이 와서 위험천만하였던 당시 계곡 물이 철철 넘치던 장관은 아직도 기억에 생생하다. 아내와 봄에 갔던 쌍계사 입구의 십 리 벚꽃 길은 정말 아름다웠다. 하지만 남들이 다한다는 지리산 종주는 소심한 성격에 한 번도 하지 못하였다. 노고단 산장에서 한번 자보고는 쾌쾌한 냄새, 사람들 코고는 소리, 불편한 쪽잠으로 다시는 산장에서 자고 싶지 않았기 때문이고 체력도 자신이 없었고 용기도 부족하였다. 한번은 노고단에서 임걸령, 돼지평전에서 피아골로 내려오는 코스로 나의 아내와 당일치기 산행을 간 적이 있었다. 당시 나도 힘들었지만, 아내는 대학생 때 지리산 종주 경험이 있었음에도 더 힘들어했고 초코파이를 하나씩 먹고 다시 힘이 났던 기억이 생생하다. 초코파이의 힘을 실감하는 순간이었다. 서울시 간부 수련회 때 한두 번 지리산에 갔던 기억이 나는데 당시도 같은 코스였다. 산을 좋아하시던 고 박원순 전 서울시장님도 계셨는데 산에서 훨훨 날아다니실 정도로 산을 잘 타셨다. 하여튼 지리산은 내 청춘이 방황할 때, 근본적 사회변혁을 상상하거나 마음이 심란하여 정리하고 싶을 때, 새로운 결심을 하고자 할 때 마음의 안식처이자 충전소가 되어주었다.

몇 년 전 가족들과 강원도 고성에 간 적이 있었다. 강릉, 속초, 고성을 거쳐 김일성 별장까지 가는 동해 바다는 너무나 아름다웠고 장쾌했다. 제주도의 바다보다 고성, 간성의 바다가 더 나에게는 인상적이고 사람도 별로 없이 한가해서 너무 좋았던 기억이 난다. 여름철 화진포 해수욕장에서 아들, 딸과 함께 놀던 기억은 아직도 기억이 생생하다. 그 이후 2번 정도 고성을 더 갔었는데 특히 눈이 내린 화진포 해수욕장 해변의 모래사장 풍경, 바다 물결 자국이 남아 있던 모래사장에서 뛰어다니면서 우리 가족들은 행복했다. 다시는 돌아오지 않을 인생의 순간이다.

서해안 고속도로를 타고 가다 선운산 IC로 나가면 고창이 나오고 선운사가 나온다. 절의 아름다움과 감흥을 크게 느낀 것은 선운사가 처음이 아니었나 싶다. 십여 년 전에는 선운사 근처라고 기억되는 사찰을 한 번 방문한 적이 있었는데 절 이름은 정확히 기억이 나지 않지만 비구니 스님 사찰이었던 것으로 기억된다. 절 어딘가에 '세상의 빛이 되지 말고 세상의 빛이 되어야 한다.' 라는 말이 쓰여 있었던 것으로 기억된다. 당시 죽비를 맞은 느낌이었다.

해외여행 중에는 가족과의 이탈리아 여행이 가장 기억에 남는다. 첫 장거리 해외여행이라 긴장을 많이 했었다. 베니스 지역 동네 어린이 놀이터에서 우리 아이들이 놀던 기억, 차 안에서 바라보던 이탈리아 시골의 정취, 폼페이 유적 정문 카페에서 처음 먹어 본 에스프레소의 쓴 기억. 아직 장거리 여행의 여독이 풀리기 전 이탈리아를 통과해서 스위스로 국경을 넘어가 날씨가 추워진 저녁 한식집에서 먹었던 김치찌개의 달콤한 추억. 당시 김치찌개를 먹고 원기회복을 해서 나머지 여행일정도 알차게 보낼 수 있었다. 그리고 나폴리 박물관에서 수백 년 된 많은 그림을 원도 없이 본 기억이 너무나 생생하다. 나폴리는 소매치기 세계 국가 대표 선수들이 많으니 조심하라는 관광 가이드의 우스갯소리도 생생하다.

가끔은 혼자 여행도 하고 사실 나 홀로 여행을 좋아한다. 그래서 주변 사람은 너무 청승맞게 혼자 돌아다니는 것이 아닌가 하는 얘기를 많이 한다. 그래도 가끔 있는 홀로 여행은 나 자신을 정리하고 새로운 충전을 얻는 데 큰 도움이 된다. 최근 코로나 사태가 터지기 직전인 작년 1월에 일본 삿포로에 혼자 다녀온 적이 있다. 가장 좋았던 것은 스시도 눈도 아니었고 눈 쌓인 홋카이도대학의 아름다운 정경이었다. 코로나 사태가 좀 잦아들면 여행을 원 없이 많이 다니고 싶다. 이번에는 고등학교를 졸업하게 되는 아들, 초등학교를 졸업하게 되는 딸, 그리고 사랑하는 아내와 함께 가족 여행을 해야겠다. 여행에 대한 욕구는 거의 인간의 본성인 것 같다.

가족 손톱 깎아주면서

아내는 신혼 초부터 가족 손톱 깎아주기, 귓밥 파주기를 자주 해 준다. 그럴 때면 막내인 딸과 아들, 그리고 나는 순한 양이 되어 아내의 무릎 옆으로 눕게 되고 아내가 깎아주는 손발톱, 귓밥 파주기에 몸과 마음이 릴렉스되는 순간이다.

한번은 내가 깎아준 적이 있었다. 평생 몇 번 안 되는 사건이었다. 막내딸의 손톱과 발톱은 물론 제일 귀엽고 예쁘다. 딸은 평소 아빠가 미덥지 않았는지 아빠가 손톱 깎는 실력을 믿지 않아 다칠까 보아 겁을 낸다. 손은 두툼하고 피아노를 쳐서인지 길쭉하고 부드럽다. 12살 6학년인데 벌써 엄마와 신발 치수가 비슷하고 양말도 같이 호환해서 신고 다닌다. 발가락이 나와 많이 닮았다. 요즘 사춘기 초기라 연예인 흉내를 많이 내고, 요즘 역주행 한다는 그룹 '브레이브 걸'의 속칭 '가오리 춤'을 따라 할 때는 정말 동영상을 찍어 두고 싶을 정도로 사랑스럽다. 딸은 내 등 뒤에서 타고 노는 악어놀이 내지 난파선 배 타는 흉내 놀이를 좋아했었다. 악어 등에 올라타거나 난파선 배에 올라탄 것처럼 내가 엎드려 누우면 내 등에 타고 나는 요동쳐서 딸을 등에서 떨어뜨리려고 노력하고 딸은 떨어지지 않으려고 노력을 한다. 딸은 재미있어하고 나는 자동으로 등 마사지를 받는 순간이다. 둘째인 딸은 사실 아내와 나의 인생 계획에 있던 자식은 아니었다. 강원도에 가족 여행 갔다가 얼마 후에 생겼고 그래서 이름에 '바다 해(海)' 자를 넣고 싶었다. 하지만 여자 이름에 '바다 해'가 자 들어가면 방랑벽이 생기고 정착하지 못한다 하여 결국 외할머니가 10만 원을 주고 작명소에 가서 이름을 지어왔다. 큰 아이인 아들과 달리 키우는 맛이 새록새록 하고 아빠를 생각하고 배려하는 마음이 아들과 다른데 아들과 딸의 차이 같기도 하다. 신생아 때 로타바이러스 장염으로 입원한 것 외에는 항상 잘 먹고 큰 병치레가 없었으며 크룹으로 한번 119구급차를 타고 새벽에 응급실에 간 적이 있었다. 지금 생각하면 딸이 없었으면 현재 내 인생이 얼마나 심심하고 무료할까 생각하니 천만다행이다. 나는 항상 딸에게 효도를 이미 다했다고 말하곤 한다. 요즘은 아빠 마사지를 저녁이면 해주고 나는 자기 전 옛날이야기나 역사 이야기, 시집을 이십 분 정도 읽어주기도 한다.

아들의 양쪽 새끼손가락은 안쪽으로 많이 휘었다. 나를 닮았다. 측만지증처럼 보여 오해를 받기도 했는데 나는 볼펜을 쥐고 공부를 많이 해서라고 친구들한테 둘러대기도 하였다. 아들은 손가락이 길고 발도 크다. 내가 키가 작아 걱정을 많이 했지만, 아들은 키가 170cm이 넘었고 신발 사이즈도 270mm가 넘는 것을 신는다. 엄지발가락도 좀 안쪽으로 휘었다.

아들은 어려서 천식성 기관지염을 달고 살았다. 알레르기성 비염도 심했고 코도 많이 막혔고 본인도 괴로워했지만 바라보는 부모도 마음이 아팠다. 그래서 집에는 항상 네블라이져 흡입기구와 천식 응급상비약이 있었고, 그래도 지금 생각하면 돌 전에 장염으로 한번, 초등학교 때 마이코플라스마 폐렴으로 한 번 정도 입원한 것 외에는 입원하지 않았으니 참 다행이다. 당시에는 가습기 첨가제를 많이 사용했는데 지금 생각하면 가습기 첨가제 영향도 있지 않았을까 조심스럽게 생각해 본다. 물론 딸과는 달리 사근사근한 맛은 없었지만 축구, 야구, 볼링 등 나와 많이 놀던 기억이 난다. 요즘 고 3이라 공부에 대하여 내가 많이 채근하지만 지금 와서 생각해보니 공부를 잘하는 것이 인생에서 행복한 것이 아니라는 것을 절실히 느끼고 있는 지금은 건강하고 자기가 좋아하는 일을 인생에서 빨리 찾아 후회 없이 살기를 바랄 뿐이다.

아들은 남에 대한 배려가 많고 친절하다. 엄마, 아빠에 대한 이해심이 많고, 친구들에게도 인기가 있고 남에게 싫어하는 말을 못하는 편이다. 음악 듣는 것을 좋아하고 피아노 치는 것도 좋아한다. 요즘에는 아이유나 박효신 노래를 좋아하는데 고3이고 사춘기 끝 무렵이라 자주 눈높이를 맞추어 주지 못해 미안한 마음이다. 고3 생활이 끝나면 같이 장거리 가족 여행을 다녀와야겠다. 이제는 가족 여행보다 친구와 노는 것을 더 좋아할지도 모르겠다.

아내의 손은 작고 부드럽고 흰 색깔이다. 피부가 젊어 보여 늘 동안이라는 얘기를 많이 듣고 살았다. 나의 손톱을 아내가 깎아주다가 내가 아내 손톱을 깎아주면서 손을 보니 어느 순간 아내도 나이가 들었음을 느낀다. 코로나로 외식도 자주 못하고 아이들도 집에서 식사를 많이 해서 설거지가 많아져 요즘 정말 고생이다. 손목을 자주 아파한다. 내가 설거지를 좀 도와주려 노력하지만 자주 하지는 못한다. 나는 좀 소심한 편인데 아내는 나보다 대범할 때가 많고, 나이가 5살 연하이지만 내가 동생처럼 느껴질 때가 자주 있었다. 결혼 후 몇 년이 지난 후 망막박리가 와서 실명의 위험이 있었지만 다행히 수술도 잘 되고 고비를 잘 넘겼다. 아내는 결혼 전까지 장인어른한테도 마사지 한 번 해 드리지 않고 곱게 자랐다고 하는데 결혼 후 어느 순간부터 나의 손발 마사지를 많이 해주게 되었다. 내가 피곤하거나 손발이 저리다고 할 때마다 마사지를 해주고 숙면을 취하게 도와주어 다음날 출근하는 데 큰 도움이 되어 주었다. 많이 미안하고 이제부터는 내가 아내의 아픈 허리 마사지를 많이 해주어야겠다.

결혼 후 내가 아팠을 때 아내는 옆에서 큰 힘이 되어 주었다. 지금 와서 생각하니 왜 나는 항상 최악의 사태만을 생각하여 미리 걱정하는 습관이 있었나 하는 후회가 된다. 아내는 미래를 구상하면서도 현재를 즐기려고 노력하는 긍정적인 성격의 여자였고 그것은 장인, 장모님 성격을 닮은 것 같다. 하여간 결혼해서 나는 득을 본 것이고 아내는 좀 손해를 본 것이 아닌가 하는 생각이 들어 미안한 마음이 들 때가 많다. 어쨌거나 늘 건강하게 내 곁에 오래 있어 주었으면 하는 마음 간절하다. 이십년간 나와 살아준 아내의 행복을 위해서 최선을 다하련다.

어려운 인간관계

직장생활의 어려움은 일에 있는 것이 아니라 사람 관계에 있다는 말을 자주 들어본 적이 있다. 힘든 일도 합심하면 이룰 수 있고 같이 동일한 목표를 이루는 데에 집단생활의 의미가 있다. 하지만 생각이나 행동 양식이 다른 사람들과의 사회적 만남은 자주 괴로움을 가져오고 심지어 그 집단에서의 이탈을 심각히 고려하기에 이르기도 한다.

몇 년 전부터 아래와 같은 종류의 자기 처세 관련 책이 유행하여 지금도 지속 중이다. 아마도 인간관계에서 상처받은 사람들이 많고 힐링을 얻고자 하는 사람들이 많은 탓일 것이다.

'나는 나로 살기로 했다', '언어의 온도', '혼자 잘해주고 상처받지 마라', '나는 그냥 꼰대로 살기로 했다' 등등. 세대 간의 차이도 있고 이전 같으면 참고 사는 것이 미덕이라고 생각했던 시기도 있었지만 지금은 개인의 자유와 행복을 위해서는 과감한 주장과 행동을 하는 것이 당연한 시대가 되었다. 한마디로 스쳐 지나가는 인연에 연연하지 말라는 것이다. 또한 아무리 내가 상대방에게 잘해도 열 명 중 몇 명은 나를 좋아하고, 몇 명은 나를 싫어하고, 나머지 대다수는 나에게 관심이 없다는 말은 거의 진리인 것 같다.

저자도 여태까지 살아오면서 정말 마음에 맞지 않는 사람이 몇 명 있었다. 심지어 나름대로는 아무리 노력해도 해결되지 않는 인간관계가 있었고 그럴 때마다 용서라는 말을 떠올리곤 한다. 나에게 인격적 모독과 마음의 상처를 준 상대방은 용서해야 하는데 그 용서는 상대방을 위한 것이 아니라 나를(정확히는 나의 마음)위한 것이라고 생각하면서. 그때는 놓아버린다고 표현하기도 한다. 역으로 생각하면 가끔은 나도 상대방에게 용서의 대상이 되기도 했을 텐데. 그것을 생각하면 나도 겸손해져야겠다고 생각을 한다.

정말 마음이 힘들 때 몇 번 남양성모성지에 가서 기도한 적이 있었다. 노동과 헌신으로 굽어진 등을 하신 테레사 수녀님 조각상도 보고, 근처에 있는 노동자의 벗 요셉성당인 남양성당에 가기도 하고 하여 마음을 달래보기도 하고. 그러면 좀 마음이 편안해졌고 상대방이 잠시 용서가 되었다. 직장의 간부직을 맡게 되면 여러 군상의 다양한 사람들을 만나고 복잡한 인간관계 문제 처리를 해야 할 때가 생긴다. 대부분은 헤어지면 둘 사이의 원한이나 싫어하는 감정은 없어지거나 희미해질 때가 많았다. 사람이 살아가는 한 자기가 선호하거나 싫어하는 사람은 생길 수밖에 없다. 사람은 서로 다르다는 것을 인정해야 한다. 물론 어떨 때는 다른 것이 아니라 틀렸다고 생각되는 사람을 만나게 될 때도 있지만. 스쳐 지나가는 인연에 연연하지 말고 마음의 근육을 단단히 길러야 하는 것이 우리들의 지혜가 되어야 한다. 한 번뿐인 삶을 인간관계 때문에 괴로워하면서 세월을 보낼 수는 없다. 사람은 사람을 그리워하면서도 때로는 타인이 지옥이 되기도 한다. 인간관계는 항상 어렵다.

구의역 사고

우리는 2016년 서울지하철 구의역 사고를 기억한다. 19세의 지하철 스크린 도어 비정규직 수리공이 작업 도중 사망한 사건이다. 월급으로 약 140만 원 받는 비정규직 수리공이 2인 1조가 아닌 혼자 작업에 투입되어 일하다가 전동열차에 치여 사망한 사건이다. 당시 추모 열기도 대단했고 많은 국민이 청년에게 미안해했고, 젊은 날 꽃도 피워보지 못하고 하늘로 떠난 청년에게 나도 정말 미안했었다. 개인의 잘못이 아닌 우리 사회의 안전 관리 시스템 미비와 열악한 작업환경에 기인했기 때문이었다.

나는 지금도 기억한다. 청년 수리공 가방에서 나온 유품이라고 신문에 나온 사진을. 육개장 컵라면 한 개, 나무젓가락 한 개, 드라이버 등 수리 공구 몇 개, 때가 묻은 마스크, 장갑, 신분증, 볼펜 하나였다. 컵라면 사진을 보면서 정말 미안했다. 얼마나 시간에 쪼들렸으면 컵라면을 가지고 다녔을까? 어떠한 객관적 상황이 저 젊은 청년을 위험한 노동에 내몰았을까? 내 아들과 몇 살 차이도 나지 않는 그 청년, 그리고 그 부모님이 생각났다. 죽어갈 때의 고통은 어떠했으며 죽어 가는 순간 청년은 어떠한 생각을 했을까? 우리 사회는 어떠한 책임을 져야할까? 천민 자본주의적 우리 사회 시스템, 특히 우리 기성 세대는 얼마나 반성을 해야 할까?

우리 사회를 떠받치는 중요한 노동을 하시다가 돌아가시는 많은 노동자를 생각한다. 아파트를 건설하면 몇 천 세대에 한 명꼴로 추락사가 발생한다는 이야기를 건설 감리 책임자분으로부터 들은 적이 있다. 아파트 입주자들은 청약이다 해서 몇 억의 시세차익을 거저 얻는 경우가 많지만, 소위 건설현장의 막노동하시는 분들에게 그러한 좋은 아파트에 들어갈 경제적, 정보적 여건은 많은 경우 허락되지 않는다. 남들에게는 좋은 아파트를 지어 주고 경제적 이득을 발생하게 하지만 정작 대부분의 노동자는 그 아파트를 소유하여 들어가서 살지 못하는 아이러니가 발생한다. 가끔은 아파트 도색하다가 떨어져 사망하신 분들의 기사를 본 적도 있었고, 실제로 내가 살던 아파트에서 엘리베이터 교체 작업 중 한 명의 노동자가 추락하여 사망한 사건도 있었다. 어린이병원 원장으로 있을 때 추진한 발달센터 건축과정에서도 한 명의 노동자분이 추락하여 사망했던 일이 있었다. 몇 달 전에는 제철소에서 용광로로 떨어져 사망하신 노동자에 관한 기사를 본 적도 있다. 더운 여름날 반 평도 안 되는 쪼그마한 경비실에서 뒤로 돌아앉으시어 도시락 식사하시는 경비원분들에게 우리들의 에어컨의 배려는 아직 요원하기만 하다.

　우리가 인생의 의미를 생각하고, 인류의 발전을 이야기하는 것도 모두 인간에게 필수적인 안전과 생존에의 충분조건이 충족되고 나서야 논의가 가능한 이야기일 수 있다. 아직도 산업현장 일터에서는 일 년에 천 명 이상의 사망자가 발생하고 수만 명의 산업재해가 발생한다. 제2의 구의역 사태를 방지하기 위하여 인간의 얼굴을 한 노동이 되도록 우리 사회가 더 노력해야 한다.

신과 함께

'신은 죽었다'라고 니체가 말했다. 이 말은 당시까지 유럽을 떠받치고 있던 기독교 중심 문명을 비판하는 말일 뿐 아니라 당시까지 당연히 받아들여지고 있던 여러 가치 체계에 대한 비판이 들어있는 말이라고 한다. 러셀은 '나는 왜 기독교인이 아닌가?' 라는 저서에서 기독교적 신에 대한 자신의 논리를 피력한 바가 있다. 신은 우리에게 어떠한 존재인가?

몇 년 전 '신과 함께' 라는 영화가 있었다. 사람이 죽고 나서 내세에서의 심판에 관한 이야기였는데 가족들과 매우 재미있게 본 기억이 난다. 사람의 전생, 현생, 인연, 내세에서의 심판 등을 재미있게 불교적, 한국적 전통사상 내용으로 각색했고 전반적인 기조는 권선징악이지만 인간의 본성, 폭력성, 그리고 구원에 관한 스토리로 되어 있었던 재미있던 영화였다.

인간에게 죽음이란 존재는 인류가 존재한 이래 가장 큰 명제이나 영원히 해결하거나 풀지 못할 숙제이다. 누구는 죽음이 삶의 가장 큰 발명품이라고 하지 않았던가? 생물학적 생존은 시간적 한계성에 직면해 있는 모든 사람의 최대 관심사일 것이다. 아무리 죽음을 연장하기 위한 노력을 해도 늙음과 병듦, 내 차례의 죽음의 순서는 언제든지 찾아올 수 있다. 타자의 죽음을 목격하면서도 자기 죽음을 예측하거나 실감하는 것은 나중 일이다. 우리는 우리 스스로가 이 세상에 태어남을 부모님이나 신에게 동의하지 않았음에도 우리가 우리 자신을 인식했을 때는 이미 태어나 이 세상에 던져진 나 자신을 발견하게 된다. 신이란 존재는 인간에게 죽음이라는 한계상황이 있는 한 영원히 없어질 수 없는 존재인 것 같다.

대학교 시절 한 교수님이 열역학 제 2법칙에 따라 우주 속의 모든 사물은 무질서도가 증가하기 때문에 사람은 죽음으로 갈 수밖에 없다고 했던 기억이 난다. 그러면서 많은 분자의 재배열과 엄청난 동화작용의 산물인 아기의 탄생은 열역학 제 2법칙으로 어떻게 설명할 것인가라는 질문에도 과학적인 법칙으로 설명이 가능하다고 들은 기억이 있다.

나이가 점점 들고 직장에서 간부직 역할을 하다 보니 직원 부모님이나 친척분의 장례식장에 자주 문상가게 된다. 장례식장 입구에는 돌아가신 분의 사진과 장례식장 호실이 안내되어 있는데 그때마다 느끼는 것이 '나중에 나도 죽으면 장례식장에 저렇게 사진이 걸려있을까?' 하는 생각을 가지게 된다. 우리는 죽음을 자기의 죽음, 상대방의 죽음으로 분리하는데 본인 자신이 결국 죽는다는 것은 못 느끼고 사는 경우가 많다. 아니 회피하고 잊어버리고 사는 경우가 많다. 장례식장 시체의 얼음같이 차가운 손은 피하고 무서워하면서도 본인도 결국 죽어 차가운 몸을 가지게 된다는 것을 잊어버리고 산다. 나도 그래왔다.

죽음을 생각하면 무상해지지만 죽음을 피하지 않고 정면으로 응시하면 현재가 얼마나 소중한 것인가를 알게 될 것 같다. 모든 사람이 죽지 않고 영생한다면 지구는 멸망할 것이고 삶의 의미도 없어질 것이니 다행이기도 하다. 유한하기에 더 의미가 있다는 것이다.

과연 나의 장례식장은 어떠한 것일까? 나는 특별한 장례식장 예식 없이 가족들, 그리고 각별했던 지인 소수만이 참가하여 기도한 후 화장되어, 나의 분골은 바다가 보이는 나무가 있는 숲으로 옮겨져 나무의 거름이 되는 수목장을 하고 싶다. 납골당처럼 갇힌 공간에서 수억 겁의 시간 동안 있을 수는 없다. 경부고속도로를 타고 경기도에 진입하다 보면 '별 그리다' 라고 커다란 추모공원 입간판을 볼 수 있다. 이름 한번 잘 지었다라고 생각하고 밤에 보면 더 유난히 더 빛나는 것 같다. 하지만 나의 원자, 분자가 납골당에 갇혀 보관되고 싶지는 않다. 나는 산을 좋아하고 나무를 사랑하고 숲속의 나무, 잎 냄새, 비 냄새, 풀 향기를 좋아한다. 내 몸이 원자가 되어 다시 지구로 돌아가는 것이 가장 바람직한 죽음맞이라고 생각한다.

요즘 홀로 사시는 87세의 나의 어머니를 가끔 찾아뵈면 얼굴이 하루가 다르게 점점 늙어 가심을 느낀다. 코로나 핑계로 자주 찾아뵙지도 못했다. 철학자 강신주씨는 얼굴에서 상대방의 무상을 느끼는 순간 진정한 사랑이 시작된다 하는데 나는 이제야 어머니를 진정으로 사랑하게 된 것일까? 이제 50살이 된 아내의 뒷모습을 요즘 보게 되면 뒷모습이 이전보다 좀 처져 보이고 애처롭게 보인다. 뒷모습이 애처로워 보이면 사랑이 시작된 것이라 하는데.

내가 무신론자인지 유신론자인지 정확히 모를 때가 있다. 이성적으로는 무신론자이다가도 이성의 한계와 삶의 유한성과 허무에 부딪히면 유신론도 괜찮다는 생각을 하기도 한다. 독실한 신자들의 눈에는 내가 불경해 보일 수도 있겠다. 양자역학에 의하면 물리학적 존재의 위치는 확률과 통계에 의존한다고 하며 혹자는 이것을 무신론에 대한 증명으로 이야기하는 수도 있다고 한다. 내가 과학 전문가는 아니지만, 과학이 진보하더라도 우리가 생각하는 신적 존재는 4차원, 5차원, 6차원으로 계속 달아나기 때문에 영원히 알 수 없을 것 같다.

'트루먼쇼'라는 영화가 있었다. 주인공이 수십 년간 잘 차려진 영화 세트장에서 배우로서 모든 행동을 하고 이 장면은 수십 년간 세계 시청자들에게 중계되는 영화였다. 주인공은 자기가 잘 차려진 세트장의 배우였는지도 모른 채 자기가 사는 것이 현실인 줄 알고 수십 년 살다가 나중에서야 이 사실을 알고 시뮬레이션 세트장을 탈출하게 된다. 어찌 되었던 내가 이 세상을 살아가면서 나의 맡은 역할을 성실히 수행하는 배우가 될 수밖에 없는 인간의 운명이다. 자연이건 어떠한 신이건, 내가 옳다고 생각하는 방향으로 최선을 다해서 사는 것이 신이나 사후세계를 두려워하지 않고 세상과 부딪혀 살아가는 방법이 아닐까 한다. 아니면 한사람이 사라지면 세계도 사라지는 것은 아닐까?

Carpe diem! Memento Mori!

영화 '신과 함께'에서 배우 마동석이 영화의 후반부에 말한 대사가 생각난다.

"세상에는 악한 사람은 한 사람도 없다. 단지 상황이 악할 뿐이다."

베지테리언(Vegetarian) 도전

젊은 날 채식주의자 생활에 며칠 정도 도전한 적이 있었다. 내가 먹기 위해 죽어주어야만 하는 육류, 어류의 고통, 그리고 이러한 생태계를 디자인한 자연과 신에 대한 의문에서 시작되었다. 왜 하느님 내지 자연은 이러한 비참한 먹이사슬을 자연계에 두어 먹고 먹히는 생태계를 디자인하셨을까? 기독교에서는 사람은 하느님의 형상을 본떠 만들었기에 기타 동물 등 자연계에 대비한 우월성과 선택성이 있다 하는데 사실일까? 태어나자마자 기형으로 태어나 고통을 받거나 염색체 이상, 또는 유전자 이상이 있어 발명하는 많은 질환들은 자연에서 엄청난 수의 사건 발생시(이를테면 유전자 복제와 염기서열 결정) 어느 정도 일어날 수밖에 없는 극단적 오류의 일환으로 설명할 수밖에 없지 않은가? 아니면 자연은 본래 우리 사람이 생각하는 선과 악의 개념이 아닌 순진무구한(Innocent)한 마음으로 자연을 디자인해 온 것일까?

우리 세계에 존재하는 생태계 먹이사슬 구조 외에 더 좋은 방법은 애초 디자인 할 수 없었을까? 이러한 의문점이 젊은 날 나에게는 계속 있었다.

역사적으로 조선시대 때나 과거 어느 시절에도 백정이라 불리우는 직업군은 하층민 내지 꺼리는 직업이었다. 그러나 백정이 없으면 어찌 고기를 먹어 일반 민중들이나 소위 말하는 양반계급, 왕족들이 단백질을 섭취하여 생존을 이어나갔을까?

요즘 소나 돼지를 도축하는 방법에는 실신법이 많다고 한다. 도축 시 바로 죽음에 이르는 것이 아니라 기절상태에 빠지게 하고 이후 방혈 등의 과정을 통해 죽음에 이르는 방법이라고 한다. 그 밖에도 타격법, 총격법, CO_2 가스법, 전기가 흐르는 기절실을 통과하여 실신시킨 후 경동맥을 절단하여 방혈하는 방법이 있다고 한다. 도살장에 끌려가는 소나 개의 눈에는 눈물이 흐른다고 하는데 사실인지는 모르겠다. 근래에 닭들은 인간들에게 단백질을 보급하기 위해 다닥다닥한 닭장 집에서 길러진다. 생명을 가진 동물이 아니라 식품으로 존재하는 것이다. 한편 물고기나 어류가 통증을 느끼는 것은 잘 알 수 없지만 잡으려고 하면 도망가는 생존에 대한 본능은 있는 것으로 생각한다. 그러한 면에서 먹기 위한 어업이 아니라 취미활동을 위해 낚시를 통하여 물고기의 아가미에 날카로운 가시를 찌르게 하는 낚시 취미활동을 나는 좋아하지 않는다.

사실 우리가 살고 있는 집도 고기라는 단백질을 드시고 근육의 힘을 발휘하여 집을 지은 건설 노동자 덕분이고, 우리가 사용하고 있는 모든 공산품들도 마찬가지이다. 나만이 베지테리언을 고집한다고 내가 우월해지지 않으며 또한 진정한 의미의 베지테리언이 될 수 있는 것도 아니다. 모든 사람이 베지테리언이 될 수 없고 그것은 인간의 본성이 허락하지 않는다. 인간이 자연 생태계에 포함되어 있기에 인간이 살아가는 의지를 집단적으로 포기하지 않는 한(물론 그럴 수도 없지만) 현재의 생태계는 유지된다. 인간이 동물보다 무엇이 우월하기에 최종 소비자의 행운을 얻은 것일까?

이제 다른 질문을 해 본다. 인간에 대한 사랑이 동물에 대한 사랑보다 왜 우월한가? 같은 종류Species이기 때문에 본능적으로? 아니면 인간은 다른 우주상의 어떠한 가치를 증가시킬 가능성이 있는 유일한 생명체이기 때문인가? 그러한 가치는 유형보다는 무형일 텐데 그것이 가치가 있다는 것은 누가 인정하는가? 다람쥐가 쳇바퀴 도는 삶을 산다고 인간의 그것보다 무의미하다고 누가 말할 수 있겠는가? 사람에게 반려동물이 되어 유익함을 주는 개에겐 특별한 동물 보호적 윤리적 가치를 제공하면서 소, 돼지, 닭에게는 우리는 왜 좀 더 윤리적 대우를 제공하지 못하는가?

유치할 수도 있겠지만 좀 더 범위를 넓혀 식물에까지 사고를 넓혀보자. 나무의 주인은 누구인가? 뿌리인가? 줄기인가? 잎인가? 가로수의 나무가 사람의 시야를 가린다는 이유로 가지치기를 하는 것에 대하여 나무의 어느 부분에게 동의를 받고 하는 것인가? 뿌리가 생명의 중심이면 가지와 잎은 희생되어도 좋다는 말인가?

나는 어릴 때부터 약육강식의 현재 생태계는 내 마음에 들지 않았고, 그러한 것을 디자인한 자연도 마음에 들지 않았다. 하지만 요즘 들어 생각하면 죽음이라는 것을 자연계에서 모든 생명체들이 한 번은 겪어야 할 고통스러운 과정 중의 하나로 바라보면 그렇지 않을 수도 있겠다는 생각도 든다.

우리 인간은 자연계의 설계대로 살 수밖에 없는 본능을 가지고 태어난 동물이다. 우주에서 인간의 도덕성과 위상을 너무 높게 설정할 필요는 없는 것이다. 하지만 지나친 동물사육으로 인한 이산화탄소의 과도한 배출과 지구 온난화는 우리 인간들이 결심만 한다면 다른 길을 선택하여 방향을 바꾸는 시도도 가능한 일이다. 동물의 단백질을 섭취하되 우리가 그들을 식품으로 간주하여 키우지 말고 살아있는 동안은 최적 자연 그대로의 상태에서 생활할 수 있도록 배려하는 것이 최종 소비자로서 지구 상의 동물들에 대한 예의가 아닐까 한다. 자연의 법칙에 거슬러 살아가기가 쉽지는 않겠지만 시도는 가능하다. 하지만 호모 사피엔스의 대다수 본능 유전자는 그럴 수는 없고 또 그러한 것에 대하여 이 우주는 아무런 감흥도 받지 않고 타격도 입지 않을 것 같다.

지식과 진리의 상대성에 대하여

'사람은 자연보호, 자연은 사람보호'

어릴 때부터 많이 들어온 캠페인 문구이다. 여기에는 분명 사람과 자연을 나눈 이분법적 사고가 들어있다. 사람도 자연의 일부이며 사람의 행위도 자연에서 일어나는 행위의 일부이므로 나는 이 둘을 구별하면 안 된다고 생각해 왔다. 자연을 보호하는 것은 인간이 지구에서 생존의 지속가능성을 높이기 위함일 것이다. 우리가 일회용품 사용을 덜 해야 하는 것은 환경의 오염 때문이고 그러한 오염으로 가장 피해를 보는 것은 인간이기 때문이다. 사실 지구라는 존재는 지구라는 공간에서 현재의 먹이사슬이 유지되는 생명 현상이 유지되건 되지 않건 관심이 없다. 지구에서의 유기 생명체의 지속에 대한 최대 관심자는 인간일 뿐이다. 지구의 오염으로 지구에서 생명체가 없어진다고 해도 사실 슬퍼할 주체는 없다. 유기체가 있는 지구 공간이 무기체만 있는 황량한 천체보다 어떠한 면에서 우월할까? 다만 인간도 유기체이기에 푸르른 하늘, 땅의 감촉, 바다의 파도, 바람, 새소리 등을 그리워하며 특히 유전자에 대한 대물림 본능이 있기 때문에 슬퍼하고 아쉬워하기는 할 것 같다. 우주라는 공간 속에서 우주를 상대로 사고하고 존재에 대하여 의미를 묻고 꽃과, 나무, 물이 있고 생명의 탄생과 죽음이라는 특수한 현상이 일어나는 하나의 공간이 없어진다는 측면에서는 슬퍼할 일이라고 할 수는 있겠다. 사실 나도 좀 슬플 것 같다. 자연보호는 정확히 말하면 자연을 위함이 아니라 인간종의 지속적 유전적 지속과 그러기 위한 최적의 환경 유지를 위함인 것이다. 현재의 지구 내에서의 생명 현상이 아름답다는 가정하에서 말이다.

인간은 어떠한 사실에 관하여 이해할 때 민족주의적, 국가주의적, 인간중심적, 종교 문화적 관점을 보이게 된다. 그래서 민족 간의 갈등과 전쟁, 국가 간의 전쟁, 종교 간의 갈등과 종교전쟁이 일어난다. 모든 가치와 선을 인간중심적으로 보기에 어떨 때는 윤리적 갈등 상황이 올 수 있다. 우리가 굶주린 아프리카의 어린이들 영양 상태를 개선하기 위하여 소나 돼지를 도살하여 고기를 공급하여 주는 것은 아프리카 어린이가 우리 호모사피엔스 종류이고, 인간으로서의 연대의식이 있고 인간에게는 무엇인가 소나 돼지보다 더 우월한 우주적 가치를 실현할 수 있는 가능성이 있다고 보는 것이다. 더 원초적으로는 우리와 유전자가 같고 피를 나누는 본능적 연대의식이 있기 때문이다. 아프리카 식인종들에 있어 배고플 때 사람을 잡아먹는 것은 그들 관점에서는 선하지 않은 일이 아니다.

　십자군 전쟁은 여러 이유가 있었겠지만 가장 중요한 이유는 종교적 탐욕과 광기 때문에 벌어진 전쟁이다. 당시에는 그러한 것이 선이라고 여겼을 것이다. 현재에도 벌어지는 종교적 갈등과 종교전쟁도 당사자들에게는 서로가 옳다고 느끼고, 서로의 신이 자신들을 보호한다고 생각하기 때문이다. 최근 일어난 이스라엘과 팔레스타인 사이의 전쟁도 자신의 처지에서 올바름과 선을 평가하는 다양성이 있기 때문이다.

　이슬람 신자들에게 돼지는 금기되는 음식이다. 이것은 물이 부족한 사막 기후와 관계가 있다는 설이 있다. 돼지가 먹는 음식이 사람 먹는 음식과 비슷하기에 물이 많이 필요했기 때문이다. 한편 인도의 힌두교에서는 소는 신성한 동물이다. 신이 타고 다니는 이동 수단이 소라고 믿기 때문이고 농경생활에 소가 절대적이기 때문이다. 목축업, 낙농업을 하는 유럽인들에게 늑대는 동물들을 공격하는 나쁜 존재였고, 이들을 보호해주는 개는 선한 존재였기에 개를 중요시하는 문화가 부지불식간에 생겼고 당연히 개고기를 먹는 민족을 야만시하게 되었다는 주장도 있다. 또한 진리라고 생각하는 것은 시간적으로 변하기도 한다. 과거에 백성은 임금에게 복종하고, 노비는 주인에게 복종해야 했다. 그러한 것이 대부분 백성들에겐 어쩔 수 없는 운명으로 받아들여졌고 당연한 것으로 여기기도 했을 것이다. 군사부일체였고 임금을 위해 죽는 것이 미덕일 때도 있었다. 하지만 지금 그렇게 생각하는 사람은 없다. 우리가 수십 년 전 일본 식민지 지배에 대하여서는 치를 떨고 반일 감정을 가지면서, 수백 년 전 중국 청나라로부터 당한 수모는 이제 기억하지 않는 것도 시간이 많이 흘렀기 때문이다. 아픔도 최근 것이 더 기억에 남는 법이다.

과거에는 당연시 여겨지던 가치가 현재에는 보편적 가치로 받아들여지지 아니하듯 현재의 보편적 가치도 미래에는 폐기되거나 변경될 수도 있다. 도대체 '아 프리오리'한 것은 있는가? 우리는 사람이라는 생물학적 존재로 각자 처한 시간과 공간의 한계를 가지고 사고하기에 때로는 진리라고 생각하는 것이 상대적일 수 있다. 하지만 인간만이 생각할 수 있는 시공간을 초월하는 교집합적 최소한의 진리적 가치는 분명이 있을 것이다. 그것이 없다면 인생은 얼마나 쓸쓸할 것인가?

IV

인간과 코로나19의 전쟁

17개월간의 코로나19 전쟁

코로나19 바이러스는 mRNA 바이러스이다. 바이러스는 생명체도 무생물체도 아닌 중간단계의 물질이며 생명체에 기생하여 증식하고 생존한다. 즉 죽은 세포에서는 살 수 없다는 것이다. 보통 DNA나 RNA 유전 물질을 함유하고 일부 단백질로 구성된다. 정말 알 수 없는 것이 명확한 생명체도 아닌 것이 왜 그리 살려고 자기 유전자를 퍼뜨리려는 의지가 있을까 하는 점이다. 코로나 바이러스가 사람 간 전파되어 전 세계를 팬데믹 사태로 몰고 가는지 철학적으로는 이해할 수가 없는 노릇이다. 자연과학적으로는 약간의 RNA만 가진 유사 생명체가 왜 그리 증식과 생존의 본능이 있는지 자연계의 설계가 무서워 보일 때가 있다. 결국 코로나 바이러스도 증식 본능, 유전자 존속 본능이 있는 것이다. 사람을 포함한 이 세계의 모든 생물들이 이기적 유전자를 가지고 생존본능과 유전자 대물림 본능이 있는 것처럼 말이다.

2020년 1월 말 어린이병원을 그만두고 며칠 쉬고 있을 때 OO시에서 연락이 왔다. 코로나가 터졌으니 보건소에 좀 더 빨리 출근하라는 연락이었다. 당시 일본 홋카이도 여행 중이었는데 일본도 확진자가 몇 명 생겼을 때였다. 아직 마스크 쓰기가 보편화되기 전이지만 나는 마스크를 쓰고 여행을 다녔고 중국 사람을 피해 다녔고 비행기 안에서도 마스크를 거의 벗지 않았다.

코로나 대응을 위해 보건소에서 근무를 시작할 때 소아청소년과 의사로서 감염병 관리에 관한 자신이 있었고, 2015년 어린이병원장 시절 메르스도 관리해본 경험이 있었기 때문에 코로나 관리는 나름 자신이 있다고 생각했었다. 막상 출근해보니 보건소는 행정기관에 가깝고 의료기관이라고 하기에는 여러 물적, 인적 자원이 준비가 덜 되어 있었다. 하지만 직원들은 모두 성실하고 책임감이 강했고 헌신적이었으며 얼마 지나지 않아 진용을 갖추고 코로나19와의 싸움을 제대로 시작할 수 있었다.

3월부터 본격적으로 확진자가 나오기 시작했고 대구에서 신천지교회 관련 대량 확진자가 나오기 시작하면서 국가가 긴장하기 시작했다. 당시만 해도 코로나19 감염증에 대한 이해도가 크지 않았고 연로하신 분들 중심으로 많은 사망자가 나왔으며 대구는 거의 봉쇄 직전의 침묵의 도시가 되었다. 다행인 것이 대구 시민들의 힘겨운 사투로 한 달도 되지 않아 대구 감염 사태는 통제하에 들어오게 되었고 우리는 코로나에 대하여 많은 것을 알게 되었다. 당시 계명대 동산병원이 코로나 거점 병원으로 선정되었고, 코로나와의 사투를 위해 많은 의료진들이 병원에 투입되어 코로나에 대해 잘 모르는 상태에서 초반 백병전에 돌입하였다. 확진자를 치료한다는 것이 같은 의사로서 초반에 얼마나 힘들고 심적으로 부담되었을까 생각이 들어 정말 영웅적 의료진들이라는 생각도 들었다. 대구는 코로나가 터지기 2개월 전 2019년 12월 겨울에 가족들과 여행을 다녀온 적이 있었다. 당시 여행 중 계명대 동산병원 언덕 뒤편에 있는 청라언덕에 올라 '봄의 교향악이 울려 퍼지는'으로 시작되는 가곡 '동무생각' 시비를 감상한 적이 있었다. 지금도 '동무생각' 노래를 들으면 계명대 의료진들의 헌신이 기억난다.

이후 마스크 대란이 벌어졌다. 마스크 5부제가 시작되었고 마스크는 천만금보다 더 중요한 생존물품이 되었다. 마스크 가격은 2-3배로 뛰었고 다행히 몇 달에 걸쳐 서서히 안정화되기 시작하였다. 마스크 한 장 한 장이 얼마나 귀중한 시기였던가? 우리가 코로나 초기부터 마스크를 적극 착용한 것은 코로나 방역 상 신의 한 수 였다.

2020년 5월에는 소위 이태원 사태가 벌어졌다. 이태원 동성애자 중심의 나이트클럽에서 대량 확진자가 나오면서 동성애자들이 낙인 찍혔다. 나는 동성애자도 아니고 나에게 동성애라는 단어가 유쾌하지는 않지만 실체로서는 인정해야 한다고 생각하는 편이다. 한편으로는 자연 동물계에 동성애가 존재하는 비율도 상당히 된다고 하니 우리는 소수그룹의 어려움을 이해해야 한다고 생각한다.

8월에는 8.15 집회 관련 대량 확진자가 나왔다. 당시 60세 이상 어르신 분들 확진자가 많이 나와 사망자가 증가했던 것으로 기억한다. 개인적인 생각으로는 코로나 잠복기를 생각할 때 8.15집회 때문만으로 대량 확산이 된 것으로 보이지는 않는다. 여름 휴가기간, 소모임 등의 증가도 모두 고려하여야 하는데 정치적인 선전선동이 좀 있었다고 생각한다.

다음의 큰 파도는 12월 겨울에 왔다. 하루에 1,000명 이상의 확진자가 나왔고 특히 요양시설, 요양병원 등 감염에 취약한 노인들의 감염은 의료체계 붕괴 위기를 가져왔다. 확진자 병상 배정에 며칠이 걸리기도 하였고 이러다가는 환자들을 입원시킬 병원도 없는 것이 아닌가 하는 공포가 방역 당국과 국민들에게 몰려왔다. 보건소 직원들은 12시 넘어 새벽에 퇴근하기가 다반사였고 번아웃되기 시작하였다. 이때부터 요양원, 요양병원 등 고위험 기관에 대한 선제 검사가 시작되었고 이것은 정말 신의 한 수였다. 입원 시 치사율이 높은 건강취약계층과 종사자들의 선제적 검사로 의료체계 부담이 덜어졌고 고위험 시설에서의 확진자도 줄기 시작했다.

그리고 2020년 12월. 영국과 미국에서는 코로나19 백신을 통한 바이러스에 대한 인류의 대반격이 시작되었다. '뉴잉글랜드 저널 오브 메디신' 저널에 실린 화이자 관련 백신 논문을 근거로 최초의 백신 접종이 시작되었고 영국과 이스라엘에서 큰 효과를 보기 시작했다. 우리나라는 백신 수급에 초반 적극적으로 나서지 못했고, 하물며 아스트라제네카 백신에 너무 의존적인 수급체계를 선택했는데 운이 없게도 아스트라제네카 백신이 혈전 논란에 휩싸여 백신 접종 속도를 높이기 어렵게 되었다. 강대국이 아닌 개발도상국으로서의 설움도 있었고 미국과 유럽을 중심으로 한 자국 우선주의와 민족주의도 있었다고 생각한다. 하여간 화이자 백신이건 아스트라제네카 백신이건 효과와 부작용에서 좀 차이가 난다고 하더라도, 적극적인 접종을 할 수밖에 없는 상황인 것이다. 일부 아나필락시스나 혈전증의 극단적 부작용이 있지만 전반적으로 백신접종은 국가의 이익과 개인의 이익이 상충되지는 않는다고 생각한다.

코로나 사태 대응을 보면 동양과 서양의 차이, 그리고 사회체제에 따라 결과가 상이한 것을 볼 수 있다. 거칠게 말하면 동남아시아는 벼농사에 근거한 전체주의적 사고와 집단주의 사고가 개인의 자유주의 사고보다 우세하기에 정부의 통제가 비교적 잘 되었던 것 같고, 서양은 집단주의적 사고보다 개인주의적, 자유주의적 사회전통이 강했기에 방역통제에 더 어렵지 않았나 생각이 든다. 또한 국가적 정치 리더십과 민족적, 종교적 특수성이 큰 영향을 끼쳤다.

보건소 직원들의 헌신은 너무나 훌륭했다. 사실 코로나 방역 국가적 대응의 50% 이상은 전국 보건소 직원들이 한 것이라 해도 과언이 아니라고 생각한다. 초창기 코로나 대응을 위한 준비와 세팅부터 검체 검사, 소독, 역학조사, 자가 격리자 관리, 그리고 최근 코로나 백신 접종에 이르기까지 전국 보건소 직원들의 헌신이 없었으면 한국 방역은 성공하지 못했을 것이다.

코로나19 바이러스는 원래 자연 속 박쥐에 기생하는 바이러스라고 한다. 우리가 숲을 훼손하고 그 자리에 소나 돼지를 기르면서 박쥐가 더 이상 숲에서 생활할 수 없게 되었다고 한다. 또한 이산화탄소의 증가로 인한 지구 온난화로 자연 상태의 박쥐가 인간사회의 사람들과 접촉할 기회가 많아져 코로나19 바이러스가 전파되게 되었다는 주장이 최근 설득력을 얻고 있다. 물론 생물 연구소에서 유출되었다는 설도 있긴 하지만. 하지만 메르스, 사스, 코로나19에 이르기까지 인간에게 주는 일관된 메시지는 인간의 편리함 추구과 탐욕이 부른 자연의 변화가 다시 자연 상태의 평형을 이루기 위해 인간을 공격하는 현상이 벌어지고 있다는 점이다.

코로나19 팬데믹 감염사태는 지금도 진행 중이다. 환경론자들이 말하는 것처럼 인간의 탐욕으로 인한 자연파괴가 그 원인이건, 중국이 원인이던 간에 앞으로 감염병, 특히 바이러스 질환은 그 전파력과 계속되는 변이 때문에 인류를 계속 위협할 것이다. 1년이 넘는 코로나 사태 때문에 많은 사람들이 우울증에 걸렸고 코로나 블루라는 말이 생길 정도가 되었다. 페스트 이후 인류 역사상 최대의 팬데믹 감염병인 코로나19 감염 사태는 인류의 역사를 코로나 이전과 이후로 크게 바꿀지도 모른다. 인류의 생각과 행동방식도 바뀌어 질 수도 있다. 중세 페스트 감염사태 이후 르네상스가 찾아왔듯이 우리 인류도 어떠한 변화를 겪을지 아직 모른다.

 코로나19 바이러스의 완전한 퇴치는 단기간에 어려울 것이다. 코로나 바이러스로 상처받은 우리 인류는 새로운 지혜를 짜내어 인간이 초래한 자연의 변화에 대응해야 한다. 지구에서 호모사피엔스의 장기간 존속을 바란다면...

코로나와 인연

    코로나는 호흡기 감염으로 주로 침이나 비말로 감염된다. 내 폐나 기도로 들여 마셔져 있던 공기 분자와 함께 몸 밖으로 나오면서 타인의 코나 입과 같은 호흡기 점막으로 전파되어 감염된다. 사실 같이 밥을 먹고, 사랑하고, 대화를 나누고, 같은 공기를 들여 마시고, 상대방이 뱉은 공기로서 전파가 되니 사이가 가까울수록 전파가 잘 되는 것이다. 가족, 부부, 형제자매 간, 직장 동료, 친구 등등. 어떠한 현상을 설명할 때 과학적 사고가 우선이 되어야겠지만 코로나 사태를 겪으면서 때로는 운명적 인연이라는 조금은 문학적인 비과학적인 상상을 하게 되기도 한다.

    자연과학적 인연에 대하여 생각해 본다. 우리가 먹는 물과 밥에는 바다의 물이나 하천의 물이 포함되어 있다. 우리가 마시고 배설한

물은 정화되어 강으로 가서 증발되고 비구름이 만들어져 비가 오고, 그 비가 강에 내리면 그 비를 정수하여 다시 마시기 때문이다. 바닷물도 증발하여 비구름을 만드는 것을 보면 인도양, 태평양 어딘가 미국인, 인도 사람의 배설물이나 땀이 섞였던 물 분자가 증발되어 한국에서 비가 되어 우리가 지금 마시고 섭취하고 있는지 모른다. 왜냐하면 분자는 변화하지 않기 때문이다. 어찌 보면 우리 인간은 지구 상에서 엄청난 인연으로 살아가는 것이다.

아무리 외식을 많이 하고, 지인들과의 모임을 많이 하고 담배를 피워도 코로나 감염이 되지 않는 경우가 있지만, 단 한 번의 사랑하는 지인들과의 만남으로도 어떤 인연인지 코로나 감염이 되는 것을 볼 수 있었다. 모수가 많아지면 자연과학적 통계와 확률의 법칙이 들어맞겠지만, 역학조사를 하다 보면 우연적 확진이 있는 경우가 많아 우연과 인연에 대하여 더 생각하게끔 된다.

이 세상에 일어나는 많은 현상이 우연과 인연으로 사건이 벌어진다. 이 세상에서 제일 사랑하는 손자와 놀아주던 할머니가 손자에게서 코로나 감염되어 생사의 기로에서 겨우 살아나는 상황을 나는 친구에게 들은 적이 있다. 911 테러 때 우연적 실수로 비행기에 탑승하지 않아 살아남은 사람들도 있었다. 호모사피엔스가 생기고 이후 엄청난 후손의 대를 이어나가고, 나의 조부모께서 우리 부모님을 낳으시고, 또한 나의 부모님끼리 결혼하여 만나고, 부모님의 수억 개의 정자와 수백 개의 난자 중에서 현재의 내가 탄생할 확률은 사실 무한대 분의

1에 수렴하는 작은 확률일 것이다. 내가(우리가) 여기에 존재하는 것은 거의 우연적 사건의 총합으로 이루어진 것이다. 이러한 우연의 사건이 많이 모아지면 자연과학적 통계로는 필연일 수도 있겠지만 개인으로는 엄청난 우연과 인연이다. 나는 몇 년 전 이러한 자연과학적 우연과 인연에 대하여 영화를 제작하고 싶은 마음이 있었다. 어찌 보면 불교 영화에 가까운 내용이 되었을 것 같기도 하지만.

팬데믹 상황에서 가까운 사람일수록 멀리 떨어져야 한다는 명제는 우리를 슬프게 한다. 그러면서 인간의 자유로운 삶은 제약되고, 하지만 순간의 자유와 인간다움을 추구하다 더 큰 자유를 빼앗길 수 있는 상황이기 때문이니 어쩔 수도 없는 상황이다.

코로나 사태를 겪으면서 사람간의 바이러스 감염과 전파를 바라볼 때 때로는 자연과학적, 의학적 해석보다도 때로는 인간 사이의 인연과 필연, 그리고 운명이라는 의사답지 않은 비과학적 상상을 많이 하게 된다. 물론 모든 개인의 우연적 사건 수가 무한대 정도로 많이 모인다면 자연과학적 필연에 수렴할 수도 있겠지만.

감염병보다 무서운 밥벌이

감염병보다도 더 무서운 것이 밥벌이 생존의 문제이다. 코로나19 사태가 장기화 되어가면서 작년 어느 때인가 모 일간신문에 실렸던 칼럼 제목으로 기억된다. 대부분의 자영업자들은 사실 코로나로 영업을 못하는 것이 코로나에 걸리는 것보다 더 무서울 수 있다. 본인과 가정의 경제적 생존이 달려있는 절대적 문제이기 때문이다. 직장 생활을 하지 않는 분들은 일인 기업을 하거나 아니면 결국 장사 같은 자영업을 할 수밖에 없는 것이 현실이다.

사실 나만 해도 외식을 거의 안 했는데 이유는 식사 시 마스크를 벗어야 하고, 마스크를 벗은 불특정 다수와 접촉이 이루어지기 때문이고, 보건소 직원으로서 혹시 확진이나 자가 격리되면 나에게 돌아올 비난의 화살이 두려웠기 때문이다. 하지만 식당 등 자영업 하시는 분들은 물론 마스크를 쓰고 일하시지만, 마스크 벗고 식사하시는 분들과 접촉해야 하니 불안한 마음도 있을 것이다. 하지만 영업을 하지 못하면 생존의 문제와 직결된다.

코로나 특수로 뜬 배달업체도 마찬가지이다. 테이크아웃 문화와 더불어 배달업이 성황이다 보니 많은 라이더 사원들은 감염을 무릅쓰고 배달에 나선다. 간혹 배달을 하다 보면 마스크를 쓰지 않은 주문자와 맞닥뜨릴 수도 있고 온종일 마스크를 쓰고 일하다 보면 답답하여 중간에 벗는 경우도 생길 수 있을 것이다.

가끔 들르는 편의점도 마찬가지이다. 환기도 잘되지 않는 좁은 공간에서 일하는 알바생들도 온종일 여러 불특정 사람들과 만나야 하고, 편의점 내에서 취식하는 다양한 사람들을 만나면 감염에 취약해질 수도 있다. 요즘은 마스크 미착용 시 출입금지라는 명패를 밖에다 붙여 놓기도 하는 것을 자주 본다.

택시나 버스 기사 분들도 그러한 경우이다. 온종일 환기가 잘되지 않는 밀폐된 공간에서 일하다 보면 비록 모든 승객들이 마스크는 다 썼겠지만 불안한 것이 사실이다. 또 마스크를 오래 쓰고 있으면 운전 시야가 좁아질 수도 있다. 일부 승객은 턱스크를 쓰시는 분들도 있을 것이고. 하지만 택시나 버스 기사 분들은 이러한 위험을 감수하고 일하신다. 심지어 최근에는 마스크를 쓰라고 권유하는 기사님을 폭행하는 사람도 있었다. 이전부터 생각해 온 것이지만 기사님들은 엄청난 공적인 일을 하시는 분들로서 늘 감사한 마음이 든다.

나 같이 수십 년간 감염과 예방접종에 관련된 의료분야에서 일해 왔고 현재 보건소에서 근무하는 의사가 보기에는 여러 가지 감염이 될 수 있는 경우의 수가 뻔히 보여 위험해 보이는 경우도 많지만 어찌하랴. 생존의 문제가 달린 밥벌이를 그만둘 수는 없지 않겠는가? 사실 보건소에서 일하는 나도 감염의 위험이 적다고는 할 수는 없지만 밥벌이에서 자유롭다고 할 수 없는 상황이다. 물론 코로나 시대를 살아가는 의료인으로서의 사명감, 자존심 때문에 버텨나가고 있다는 것이 더 정확하기는 할 것이다.

노래방, 유흥주점, 헬스장 등 많은 업소가 장기간 집합금지가 되어 영업을 제대로 못했었고 식당도 시간을 제한하여 영업하고 있다. 자영업자들은 임대료를 내지 못하는 경우가 많아져서 빚도 많아지고 심지어 폐업도 늘어나고 있다. 그럼에도 지금 이 순간 음식점 관련 새로운 창업을 하시는 분들도 거리를 지나가다 보면 많이 볼 수 있다. 불이 난 불섶으로 뛰어드는 것이 아닌가 생각하지만 다른 대안이 없는 분들일 수도 있다고 생각하니 씁쓸한 마음이 들기도 한다.

어쨌거나 코로나 사태가 빨리 진정되어 예전처럼 외식도 자유롭게 하고, 호프집에서 여유롭게 생맥주도 한잔하고, 장사하시는 분들도 마음 놓고 장사하실 수 있는 그 날이 어서 왔으면 좋겠다. 코로나보다 밥벌이가 더 무서운 사람들이 우리 사회에는 많이 계신다.

라이더

　최근에 코로나로 인하여 외식을 덜 하게 되면서 배달시켜 먹는 음식이 많아졌다. 나는 아들과 나이도 얼마 차이가 나지 않는 오토바이 라이더의 위험한 근무조건을 생각하고 또 배달료가 아까워 테이크아웃을 선호하는 편이다.

　비가 오는 날, 눈이 오는 날, 미세먼지가 많은 날은 라이더들에게 정말 어려운 날일 것이다. 교통사고도 많이 나고 그런 날 시켜먹는 사람들은 정말 이기적인 사람들이라는 생각이 든다. 나는 그런 날은 절대 배달 주문하지 않는다.

　하지만 대부분의 라이더들은 혈기에 찬 젊은 남자들이어서 그러한 위험을 감수하는 경우가 많은 것 같다. 만약 사고가 나면 어떠한 부상을 당할까 하는 걱정보다는 밥벌이 내지는 생계, 돈의 필요성이 더 간절한 것이다. 나도 그 나이엔 그랬던 것 같다.

우리가 자장면을 주문시키면 어떨 때 정말 10분 이내로 오는 경우가 있다. 여기서 비밀은 교통신호를 무시하고 초스피드로 빨리 배달하여 단골을 만들고 싶은 업주들과, 기다리지 못하고 재촉하여 빨리 먹고자 하는 한국인의 빨리빨리 근성이 있다. 여기에 더하여 빨리 배달하고 돈을 더 많이 벌고자 하는 라이더들의 생각도 있을 것이다.

자동차 운전 중 배달 오토바이는 정말 조심해야 한다. 엄청난 스피드에다 일부 라이더들은 휴대폰을 보면서 오토바이를 모는 경우도 있기 때문이다. 코로나 특수로 인해 동네에는 배달 오토바이들의 홍수이고 나는 운전할 때마다 접촉사고라도 날까 봐 엄청 조심한다. 젊은 라이더들은 그러한 조심성이 덜하다.

사실 라이더라는 이름도 최근에 생긴 말이고 이전에는 배달부, 배달원, 심지어 철가방처럼 비하하는 말을 많이 쓴 것도 사실이다. 라이더라는 말을 쓰더라도 우리 마음 한구석에는 그리고 내 마음 한구석에는 그들 노동의 가치를 비하하는 마음이 숨어있는 것도 사실이다. 그럴 때는 내 머리부터 해방해야 하는데 그러기가 쉽지 않다. 아들한테는 '치킨을 주문해 먹을래, 치킨집 사장이 될래, 아니면 치킨 배달하며 살래'라고 물어보며 공부를 더 열심히 하라고 재촉하던 기억도 있다. 사실 과거에도 그랬지만 내 자식만큼은 라이더처럼 위험한 일을 해서는 안 되는 것이다. 우리들 사고 속에는 공부 안 하고 경쟁에서 뒤처진 젊은이들에 대한 비하의 마음이 있다. 사실 배달원이 라이더라는 말로 네이밍을 바꾸어 부른다하더라도 우리들의 노동에 대한 가치관이 바뀌지 않는 한 본질은 바뀌지 않을 것이다. 코로나 시대에 좋은 근육과 순발력을 가진 젊은이들의 배달이 아니라면 우리가 어떻게 집에서 따뜻한 짬뽕을 먹을 수 있겠는가? 라이더 중에는 가정 형편상 생업 전선에 어린 나이임에도 뛰어든 분들도 있을 것이고, 물론 치열한 자본주의 사회의 경쟁에서 뒤처져 대안이 없는 분들도 있을 것이다. 하지만 직업에는 귀천이 없듯 좀 더 따뜻한 시선으로 라이더들을 바라보아 주고, 정당한 노동의 가치를 인정하고, 안전한 배달이 될 수 있도록 사업주나 주문시키는 사람들의 사고의 전환이 이루어져야 한다고 생각한다.

코로나 시대에 라이더 없이 우리가 맛있는 음식을 집에서 편하게 먹을 수 있었을까? 자영업 하시는 분들도 배달의 민족이나 여타 배달 앱으로 겨우 폐업을 면하게 되었다고 말씀하시는 것을 듣고 있자면 코로나 시대에 라이더들은 영웅적인 일을 많이 해내고 있다.

마스크 미학

　나의 친구 중의 한 명은 모 대학병원 수련 중 수술실 간호사와 결혼한 친구가 있다. 수술실에서 마스크를 쓴 수술 보조 간호사분이 아주 좋아 보였다는 것이다. 사실 수술방의 마스크를 쓴 간호사분들은 모두 천사처럼 보이고 미인처럼 보인다. 상대적이겠지만.

　요즘 마스크를 쓰고 다니니까 웬만한 사람은 다 미남미녀로 보인다. 코와 입을 가리면 눈만 남는데 눈과 이마, 머리만 보아서는 미남, 미녀인지 알 수는 없다. 대부분은 선량해 보이고 코로나 시대에 마스크를 쓰고 다니는 모습이 애틋하게 보이는 경우도 많다.

　코로나 시대에 마스크를 단정하게 쓰고 다니는 대부분의 사람은 성실한 분들처럼 보인다. 한편 턱스크를 쓰거나 코를 보이며 마스크를 쓴 사람은 미운 감정이 마음에서 올라온다. 더욱이 길거리에서 마스크를 내리고 담배를 피우는 사람이 있으면 내가 마스크를 쓰고 있어도 멀리서도 담배 연기를 맡을 수가 있어 불쾌할 때가 많다. 내가 왜 저 사람의 기관지와 폐로 들어갔다 나온 연기를 들여 마셔야 하는지 화가 난다. 담배를 피우는 것은 자유이고 흡연자들에게 마땅히 담배 피울 공간이 없다는 점도 미안한 일이지만. 하여튼 길거리에서 마스크를 내리고 담배를 피우는 사람들의 담배 연기 냄새를 맡으면 괜히 짜증도 나고 찝찝하기도 하다. 물론 연기로 감염되지는 않겠지만.

'클레오파트라의 코가 조금만 낮았어도 로마의 역사는 달라졌을 것이다'라는 이야기가 있다. 그만큼 코가 얼굴 형태의 구성에서 차지하는 비율이 높다는 것이겠다. 왜 사람들은 유독 얼굴에 집착하는 것일까? 손이나 발, 손가락, 배 등은 미를 평가하는 기준이 될 수는 없을까? 그것은 아마도 개인 간을 분별하는 것은 얼굴로만 가능하고 얼굴이 모든 사람마다 다르기 때문일 것이다. 그래서 본인의 의지와는 관계없이 우연의 결과로 아름답다고 생각되는 얼굴을 가진 사람들은 급여나 승진, 결혼에서 더 유리할 가능성이 크다. 아마 이것은 유전적인 생식의 문제라고 생각되는데 우리 뇌에 정형화(학습화)되어 있는 미의 가치 기준에 맞으면 결혼이 더 잘 이루어지고 2세 생산 가능성이 더 커서라고 본능적으로 유전자에 입력되어 있을 수도 있다.

우리가 얼굴이 아름답다고 느끼는 것은 선험적일까 하는 생각을 해본다. 과거의 미와 현재의 미에는 다소 차이가 있을 것 같다. 하지만 황금비율, 대칭성, 간격으로 대별되는 얼굴의 눈, 코, 입, 귀 수학적 분산 분포는 우리 뇌가 안정적이고 편안한 느낌을, 때로는 성욕을 일으키는 것으로 추측한다. 요즘 연예인 중에서는 얼굴이 작은 사람들이 많고, 얼굴이 작아야 화면발이 잘 받아 미남, 미녀라고 하는데 이것도 우리의 신체 중 얼굴, 몸통, 다리를 이루는 비율이 어느 정도라야 좋다고 생각하는 개념이 우리 뇌 속에 있다고 추측은 하지만 정확히 알 수는 없는 노릇이다. 한편으로는 미적 개념은 일부 후천적으로 강요되거나 학습된 것도 분명히 있으리라고 생각한다.

조선시대의 미인도를 보면 현대 미인의 기준과 좀 다르다고 한다. 옛날에는 육등신이 대세였다고 하며 엉덩이가 특히 크게 그려졌다고 한다. 출산을 강조한 것이 아닌가 한다. 서양 미인의 얼굴이 가로 세로 비가 1대 1.5인데 비하여, 미인도에 나오는 한국 여인은 1대 1.3정도이고 이마나, 코, 입이 특별히 발달하지 않았으며, 얼굴 모양이 전체적으로 통통한 모습을 모였다고 한다. 서양 미인의 눈썹은 짙은 데 반하여 조선 미인도 미인은 실처럼 가는 그믐달 곡선이고, 입은 매우 작았다고 한다. 요즘 미스코리아 미인이 옛날에 태어났다면 얼굴이 길고, 키만 큰, 팔자 사나운 여자라 절대로 미인대회 입상은 하지 못했으리라는 것이 나의 생각이다.

키를 생각해보면 키가 크다는 것은 미적으로 우리가 선험적으로 탁월하다고 인지하는 것일까? 그래서 그런지 키가 큰 것이 더욱 아름답고 우월하다는 키 우월주의Heightism가 더 유행이다. 작은 키 때문에 고민하고 대상자가 아님에도 성장호르몬을 맞고, 심지어 다리를 자르고 다시 봉합하여 키를 크게 하는 극단적인 사람도 볼 수 있다.

키가 크다는 것은 신체의 물리적 조건이 좋아 더 힘든 노동을 할 가능성이 더 크고, 자연 속에서 경쟁에서 더 살아남을 가능성이 크다는 것 일수도 있다. 하지만 키가 크다는 것은 세포가 많다는 것으로 암 유발 가능성이 더 크다고 하며 젊어서는 지구 상의 에너지를 더 많이 소모하고 심지어 더 오염시킬 수도 있다. 이를테면 키가 164cm 사람은 키가 178cm 사람보다 90%나 되는 비율의 키를 보이는 것이지만 (164/178=0.9) 우리 사회에서는 작은 키에 대한 많은 편견과 차별이 있다. 내가 키가 작아서 항변하는 것일 수도 있다.

코로나로 시작된 마스크 시대. 눈에 보이지도 않는 미생물 때문에 만물의 영장이라 하는 인간이 벌벌 떨면서 모두 마스크를 쓰고 다니는 시대가 계속되고 있다. 폐기되는 마스크의 양도 엄청나서 이차적인 자연환경 훼손이 일어나고 있으며. 환경론자들의 주장으로는 이로 인해 코로나19와 같은 바이러스 전염성 질환이 다시 발생할 것이라고 주장도 한다. 증식의 유전적 본능을 가진 분자량도 얼마 되지 않는 미생물의 공격을 인간이 거리두기와 마스크, 백신으로 겨우 방어하고 있는 전대미문의 비극 사태가 빨리 종식되어 마스크를 벗는 그날이 빨리 왔으면 좋겠다.

코로나 블루

코로나 발생 후 많은 사람이 건강 염려증이 생겼다. 가벼운 감기만 걸려도 코로나가 아닐까 하는 걱정과 심지어 알레르기성 비염처럼 재채기를 해도 코로나 검사를 해보아야 하는 것이 아닐까 하는 마음이 드는 것이다.

나도 작년부터 여러 번 건강염려증 증상이 있었다. '후비루'라는 것이 생겨 한 달간 기침이 끊이지 않았다. 아마 스트레스 때문이었던 것 같다. 위식도 역류가 있어 목이 살짝 불편해도 코로나를 걱정하게 되었다. 의사인 내가 판단하기에 코로나 증세가 아님에도 걱정을 하게 되고 그래서 결국 코로나 검사까지 하고 음성이어야 안심이 되었다. 공무원으로서의 엄격한 방역지침에 따라 외부 활동에 제약이 있었고 더구나 보건소장이라는 중압감, 홀로 사시는 노모 방문 시 혹시 전염시킬까 봐 더욱 조심해야 하는 상황이었다. 병원 방문도 자제하게 되는 상황이어서 건강검진도 미루게 되고, 행여 음식도 날것을 먹다가 설사라도 하게 되면 병원 응급실을 가게 되는 상황이 발생할까 봐 생선회도 거의 먹지 못했다.

사실 코로나 사망자는 한국에서 2021년 올해 6월까지 2,000명 정도 되고 치사율도 1.5% 미만이다. 지나친 건강 염려증으로 나 스스로 건강을 해치는 측면도 있었던 것 같다. 하지만 정부의 코로나 방역지침이나 공무원 지침을 다 지키자면 항상 코로나 걱정을 하지 않으면 안 되는 상황이어서 건강 염려증이 없어질 날이 없었다.

한국에서 연간 자살자수는 14,000명 내외로 하루 40명 정도이며 사실 인구대비 최대 자살국가 중의 하나이다. 일 년간 교통사고 사망자는 3,000명이 넘고, 산업재해 사망자는 연간 1,000명 이상 정도를 보더라도 자살자 수가 엄청 많은 수치이다. 작년 같은 경우에는 소위 말하는 코로나 블루로 자살시도 건수가 많이 늘었다고 하며 특히 젊은 여성층에서 우울증이 많이 왔다고 한다. 전 국민도 코로나 우울증에 걸렸고 방역현장의 공무원들도 그러했다. 얼마 전 2020년 OECD 국가의 우울증 유병율 조사 결과 한국이 압도적으로 높았다는 대한신경과학회 조사결과를 본 적이 있다. 국민 10명 중 4명이 우울감을 느끼는 것으로 나타난 것이다. 그럼에도 우울증에 대한 치료 접근성은 선진국의 20분의 1밖에 되지 못하는 상황이라고 하니 정말 심각한 상황이다.

나도 현재까지 약간의 코로나블루가 진행 중이다. 자유에 대한 억압적 상황, 부모님과 친구들과의 만남에 대한 심리적 제약, 공무원으로서 또한 보건소장으로서의 의무에서 오는 위축감, 이동에 대한 부자유, 타인을 자꾸 멀리해야 하는 상황이 너무 힘들다. 어떤 때는 코로나로 감염된 후 완치되어 항체가 있는 사람이 부럽기도 하다. 사실 우리 모두가 육체적 정신적으로 힘든 상황이다. 일부 면역에 자신 있는 젊은이들은 코로나 감염이 두렵지 않을 수도 있겠지만, 본인이 감염되어 사랑하는 부모님이나 가족들에게 감염시킬 수 있다는 부담감은 분명히 있을 것이다. 작년에 정신과 병원의 외래 환자들이 늘었다고 하는데 코로나 블루가 분명히 영향이 있었을 것이다. 사람들의 마음 건강이 많이 나빠진 탓이다.

(내가 이 책을 쓰기 시작한 2021년 4월에는 나에게도 심각한 코로나 블루가 있었지만 보건소장 직을 사직하고 책을 탈고하는 현 6월에는 많이 사라졌다.)

코로나 초반에는 필요 없는 외출은 자제하라는 현수막 구호도 있었다. 사실 필요하지 않은 외출이 어디에 있을 것인가? 가까울수록 떨어져야 한다는 역설은 우리를 슬프게 했다. 부모님 방문, 친구와의 만남, 가족들과의 소소한 외식과 여행. 이 모든 것이 어려웠던 지난 17개월이었다. 자유보다는 전체주의에 입각한 방역을 선택한 결과로 방역은 대체적으로 성공했지만 개인의 자유는 지나치게 침해된 부분이 많아졌다. 국가와 사회의 존속을 위해서 공리주의가 선택될 수밖에 없었다.

한편으로는 코로나19 감염사태로 모든 사람이 개인위생에 조심하고 마스크를 쓰고 다니는 덕분에 감기 등 상기도 감염, 독감, 폐렴 등 급성 감염병을 크게 줄인 큰 공도 있다. 소아청소년과, 이비인후과, 내과 등에서는 환자의 내원이 줄었다고 한다. 코로나 블루는 심각해졌지만 사람과의 만남이 줄어 감염은 줄었으니 그것만은 다행이다. 코로나가 종식되어 사람 간의 만남이 다시 많아지면 여러 가지 감염이 다시 증가하겠지만 지금 같아서는 차라리 그것이 나을 것 같다.

코로나는 극복될 것인가?

2020년 1월 중국 우한에서 입국한 35세 중국 여자 확진자에서 시작한 한국의 코로나 사태는 이제 17개월이 지났다. 여러 변곡점이 있었지만 우수한 의료진, 헌신적인 지자체 공무원들의 노력, 그리고 좀 강압적이긴 하지만 한국 특유의 세심한 행정력으로 비교적 방역에 성공해 왔고, 그 근저에는 관에 순응적인 대다수 국민의 협조 의식이 있었다.

초창기 한국 방역의 분기점은 외국인의 입국에 관한 것, 더 초기에는 우한을 비롯한 중국인들의 입국에 관한 것이었다. 국제적 정세 속에서 더구나 경제적, 정치적으로 중국에 대한 문호를 셧다운시킬 수 없었음을 나도 이해한다. 대만, 뉴질랜드처럼 하는 셧다운은 상당한 모험이었을 것이고 물론 성공할 수도 있었겠지만 거기에 대한 경제적

대가도 만만치 않았을 것이다.

코로나 대응 중에 일부 인권침해와 시행착오가 있었다고 생각한다. 물론 방역조치를 엄격히 해야 할 수밖에 없었음을 인정하지만 과학적이지 않은 일부 과도한 행정명령은 내 마음에 들지 않았다. 물론 이러한 강력한 시행이 확진자의 확산을 막고, 사망률을 낮추고, 의료체계붕괴를 막았지만 한편으로는 사람의 본질적인 자유를 침해할 수밖에 없는 상황이 되어 버렸다. 국가와 사회를 유지하기 위해서 어쩔 수 없는 전체주의, 공리주의의 선택이었다. 하지만 유럽처럼 완전한 도시봉쇄가 아닌 정밀한 타점을 겨냥한 방역조치로 현 상태까지 유지한 것은 젓가락을 사용하는 세심한 동양적 사고를 하는 한국민의 저력이라고 생각한다.

한편 백신에 관한 아직까지 우리는 성공을 하지 못하였다. 작년 가을 뉴잉글랜드 저널 오브 메디신에 BNT 162b2(코미나티주)의 효과에 관련한 논문이 실린 후 인류의 코로나에 대한 대반격이 이루어졌고 작년 12월 미국에서 화이자 접종을 시작한 이래 전 세계적으로 많은 접종이 이루어졌다. 12월 전 세계적으로 확진자가 많이 나오고 우리도 입원 병상이 부족하여 어려움을 겪고 있었을 당시 나는 지인들에게 미국 뉴욕타임즈에 실린 백신에 대한 기사를 공유한 적이 있었다. 미국이 올여름에 다시 사람들 사이의 친목 모임을 정상화하고 식당에서 밥을 먹는 것이 가능하게 백신 접종을 시작한다는 기사였다. 당시 백신 접종의 중요성을 모두 알고 있었지만 12월 확진자들의 홍수 속에 우리가 적극적으로 대응을 좀 못한 것으로 생각된다. 나는 소아청소년과 의사로서 백신의 중요성을 알고 있었고 결국 코로나와의 싸움에서 최종 승자는 백신과 치료약이라는 것을 더 절실히 알고 있었다.

어쨌거나 자유 방임주의적 방역으로 막대한 사상자를 낸 미국과 유럽이 백신 접종의 속도를 올리는 동안 우리는 마스크와 거리두기, 역학조사 대응 등 기존 방역시스템만으로 코로나 대응을 하는 기간이 좀 길었다. 6월 현시점 국가에서 총력전을 펼치고 있으니 가을까지는 70퍼센트 이상의 국민이 접종을 마치고 집단면역Herb immunity에 도달했으면 하는 마음 간절하다. 대부분의 경우에 있어 예방 접종은 국가의 이익과 개인의 이익이 상충되지 않지만, 가끔 있는 피치 못할 부작용에 대하여서는 선례를 따지지 말고 국가가 적극 보상하여야 한다. 패널티에 주안점을 두는 방역과 접종보다는 인센티브에 주안점을 둔 방역과 접종으로 이제 바꾸어야 한다.

마지막으로는 독감치료제 '타미플루' 같은 경우 복용약이 개발되어야 코로나로부터 자유로운 진정한 정상생활이 가능할 것으로 생각되는데 자본주의적 이익에 충실한 다국적 제약회사의 노력으로 연말이면 가시적인 효과가 있지 않을까 생각이 든다. 얼마 전 화이자 CEO가 단백분해효소와 관련된 약을 개발 중이라고 했는데 큰 희망을 걸어본다. 먹는 치료제야말로 진정한 게임체인저가 될 것 같다.

현재까지 전 세계 코로나19 통계를 보면, 2021년 6월 기준 현재 1억 8천만 명 이상 환자 발생, 사망자는 3백 9십만 명 이상이다. 사망자가 웬만한 전쟁 사망자보다 더 많이 발생하였다. 앞으로도 사스, 메르스, 코로나19를 이은 새로운 바이러스 팬데믹 사태가 올 수 있고 그 주기는 더 짧아질 수 있다. 인간이 이제 신종 바이러스와 같이 살아가면서 생존을 걱정하는 상황이 오고 있다.

현재 나는 보건소장이라는 공직을 사퇴하고 일반 시민으로 돌아왔지만, 지금 이 순간에도 코로나19 감염병에 맞서 싸우고 있는 의료진들, 공직자들, 특히 전국의 보건소 직원들에게 사랑과 감사의 마음을 전한다.

V

행복의 정복

삶은 어떠한 의미가 있어야 하는가?

톰 크루즈가 주연한 '엣지 오브 투모로우' 라는 영화에는 주인공 톰 크루즈가 군대 생활 중 외계인과 싸우는 부대원으로 나온다. 톰 크루즈는 죽으면 다시 과거 일정한 시점으로 돌아가고 자신이 했던 과거의 일을 기억하고 똑같은 상황이 벌어지는 삶의 현장에서 시행착오를 줄이고 수정할 수 있어서 세상에서의 대처, 외계인과의 싸움에서 더 유리한 상황에 놓이게 되는 장면이 있다. 이 영화는 TV에서 몇 번 보았는데 내가 과거의 나로 돌아가 과거와 똑같은 상황에 놓인다면 당시 행했던 일들을 수정할 수 있다는 점에서 흥미가 있었다.

몇 년 전 같이 직장을 다니던 나보다 나이가 많은 직장 동료가 다시 젊은 날로 돌아갈 수 있다해도 똑같은 삶을 살고 싶지는 않다고 했다. 당시 나는 이해가 되지 않았다. 그만큼 삶이 우리에게 매력이 없다는 말인가? 하지만 나도 나이가 들어가니 과거의 생각에 자신이 없어지고 과거로 돌아가고 픈 마음이 없어지는 것도 사실이다. 하지만 과거로 돌아가 과거와 똑같은 삶이 아닌 자유의지로 수정된 삶을 다시 살 수 있다면 다시 한 번 살아보고 싶은 마음은 있다.

사실 이 세상에 우리가(정확히 말하면 내가) 태어난 것은 내가 동의해서 태어난 것은 아니다. 실존주의 철학자들의 말을 빌리자면 나는 세상으로 던져진 존재이다. 동양적 사고에서(유교적) 부모가 나를 이 세상에서 태어나게 해 준 것은 하늘과 같은 은혜이며 특히 낳으실 때 기르실 때의 어려운 점을 생각하면 '효'라는 덕목은 동물적 개체로서 묻지 않아도 될 중요한 가치덕목인 것은 사실이다. 하지만 냉정하게 동물학적 관점에서만 보면 사랑하는 두 남녀의 관계 속에서 우연히 아이가 태어났고 부모님은 나에게 탄생에 대한 의사를 묻지 않았다. 물어볼 수가 없는 것이다. 나도 두 자녀들에게 물어보지 못했다. 그래서 최소한 성인이 되기 전까지는 성실하게 자식을 키우는 것이 자식에 대한 부모의 동물학적 의무라고 생각한다.

내가 이 세상에 던져진 나의 존재를 인지할 무렵은 사춘기 시절 정도였으며, 이때부터 삶의 의미를 고민하는 질풍노도의 시기를 경험하게 된다. 삶은 어떠한 의미가 있어야 하나 본격적인 고민이 시작되고 인생의 목적과 목표를 설정해야 한다는 스스로의 강요를 받게 되고, 경제적 생존을 포함한 향후 인생로드맵에 대하여 많은 결정을 해야 하는 순간들이 찾아온다.

　4,000년 전에 기록되어 가장 오래된 이야기로 알려진 '길가메시 서사시'를 보면 현재 우리와 같은 고민을 당시 사람들도 했던 것으로 보인다. 늙어감, 병환, 죽음 등 인간이 피할 수 없는 운명과 더불어 당시 사람들도 삶의 의미에 대하여 심각하게 고뇌했던 흔적이 나온다. 삶의 의미는 알 수도 없고 특별한 것이 없으니, 죽음의 운명을 가진 인간은 현재의 생을 즐기라는 것이 길가메시 서사시의 주된 결론적 내용이다.

　삶에는 어떠한 의미가 있을까? 삶이 우리 앞에 놓여 있으니 살아가는 것이 일단 정답일 것 같다. 살아가는 것이 본능적 욕구이고 자연은 그렇게 동물계를 설계하였으니까. 하지만 좋은 대학 나와서, 좋은 직장 다니어 돈을 많이 벌고, 잘 생기고 예쁜 배우자 만나서 많은 사교육 포함하여 자녀들 교육시키고 스카이 대학 보내고, 자녀가 좋은 반려자 만나서 손주가 태어나고 말년에 손주를 돌보면서 노년을 보내는 것이 인생의 목적이기에는 무엇인가 아쉬운 생각이 든다. 물론 살아가는 이유가 없다고 느끼거나 우울증에 걸린 사람들은 자살을 선택하기도 하며 우리나라 자살자만 연간 1만 4천 명 정도 된다. 심지어 어느 시 자살예방센터에서 일할 직원을 뽑는데 철학자 출신 면접관이 지원자에게 자살이 왜 나쁜지에 대하여 물어보기도 하였다는 일화도 들은 바가 있다.

동물학적 생존의 다음 단계는 자아실현일 것이다. 그러기 위해서 직업을 목표하고, 목적적 가치를 설정한다. 사랑, 연대, 행복, 진리의 탐구 등 목적적 가치를 지향하고 포기하지 말고 살아가는 것이 파스칼이 팡세에서 말했던 한 방울의 물, 수증기로도 사람을 죽일 수 있는 잔인한 또는 무관심한innocent 우주에 대한 인간의 자존심 선언이라고 생각한다.

목적적 가치 중 평화, 사랑 등 일부 가치는 지구상에서 인간의 지속가능성을 위해 학습화된 가치 체계인지는 모르겠다. 하지만 사랑, 평화 등의 가치가 인류의 지속가능성을 위함 외에도 그 자체로 아 프리오리하게 우주 속에서 의미가 있을 것이라는 주장에 나의 이성은 동의하는 편이다. 한편으로는 인생의 목적적 가치 외에 도구적 가치를 선호하는 사람들도 있다. 목적적 가치를 가지고 살아도 허무할 수 있는 것이 삶인데 돈, 명예, 권력 등 도구적 가치만을 쫓다 보면 마지막에는 허무만이 남아 있을 가능성이 크다. 하지만 동물학적 측면에서 보면 그러한 도구적 가치실현을 추구하는 것이 가장 호모사피엔스라는 본능에 충실한 것도 사실이며 타인에게 직접적 피해를 주지 않는 한 그것이 비난의 대상이 되어서는 안 된다고 생각한다.

삶에는 적당한 일, 적당한 놀이가 필요하다. 일은 경제적 생존의 토대가 되며, 또한 자기 자신의 동물학적 생존의 근거를 제공하는 동시대 사람들에게 개인이 가진 다른 서비스를 타인에게 제공하는 것이며 이것은 의무다. 자기가 재미있고 잘하는 일이면서 경제적 이윤을 얻을 수 있다면 가장 좋은 것이다. 자기가 좋아하지 않으면서도 생존을 위해 계속 같은 일을 해야 한다는 것은 너무 슬픈 이야기이다. 하지만 대부분의 사람은 그러하다. 나의 아이들은 하고 싶은 일을 인생에서 빨리 찾아 그러한 일들을 하면서 생계를 유지하고 살아갔으면 한다.

우리는 놀이에 너무 인색하다. 우리는 일하려고 태어난 것이 아니라 살려고 태어났고 놀이는 삶의 본질적인 요소이다. 여행, 스포츠, 레저, 취미 등이 있어야 삶을 이어갈 활력이 된다. 놀이를 위해 일을 하고 돈을 버는 것이 아니라 놀이 자체도 일만큼 인생의 목적이자 과정이 되어야 한다. 나도 그러한 면에서 잘 놀지 못했고 후회가 든다. 나는 잘 노는 사람들에게 대한 질투심이 있었고 그러한 면을 잘 타고난 사람은 행복하다는 것을 요즘 와서 더 느낀다.

쳇바퀴를 돌리며 사는 다람쥐나 토끼나 길가에 선 나무나 특별한 의미를 주며 생물학적 삶을 살지는 않는다. 우리의 삶이 이러이러해야 하고 'must'를 너무 강요하는 것은 자연계에서 인간을 너무 과대평가하는 것은 아닌가 싶다. 현재의 삶을 그대로 살되 본인의 삶의 물질적 토대가 되는 다른 동시대 사람들에게 피해를 주지는 않으면서, 그러한 물질적 토대를 제공하는 타인들의 생존을 위해 나도 무엇인가 제공해야 하며, 나머지는 마음이 가는 대로 자유스러운 삶을 살아가야 한다.

결국 인생의 목적은 이러이러해야 하는 것이 아니라 반대로 우리가 각자 인생에 대한 개인적 의미를 부여할 수밖에 없다고 요즘 생각한다. 원초적 본능에 충실한 삶, 놀이에 충실한 삶, 이타주의에 충실한 삶, 진리탐구에 충실한 삶. 모두 의미가 있고 멋있는 삶이다. 무한대의 시간 속에서 찰나를 살아가는 우리가 어떠한 삶을 선택하던 아무도 평가할 수는 없다.

물리학적으로 과거의 시간은 지났고 미래의 시간은 오지 않았고 확정되지 않았으니 내가 조절할 수 있는 시간은 현재밖에는 없다. 현재 삶을 즐기고 행복하게 사는 것이 인생이다.

보다 나은 세상을 위하여

미래의 인간이 사는 세상은 어떠해야 할 것인가? 인간이 동물적 본성을 완전히 포기하고 우주의 생태계에 완전히 반항하여 결혼과 2세 낳기를 중단하는 극단적인 상황이 오지 않는 한 지구 상에서 인간의 탄생, 삶, 죽음의 현상은 지속될 것이다. 그렇다면 신이나 자연계가 설계한 이 세상에서 내가, 또는 인류라는 족속이 살아가는 모습을 어떻게 최대한 의미 있게 만들 수 있을 것인가? (물론 이러한 구상을 하는 나도 이미 자연계속에 속해 있지만 결정론자가 아닌 자유의지를 가진 나를 인정한다면 충분히 상상은 가능하다)

먼저 정치체제를 생각해보면 세계국가가 만들어졌으면 하고 연방 형태로 존재하는 것이 이상적이겠다. 하지만 인간이 가진 본능, 개별적 종교, 사상, 이기심, 민족주의 때문에 영원히 불가능할 것 같은 생각이 든다. 그러한 측면에서 자본주의의 야만성과 공산주의의 획일적 평등과 일당 독재주의의 폐단을 바라보면 대안은 북유럽식 사회민주주의가 현실적 대안은 아닐까 하는 생각을 해본다. 칼 마르크스가 말한 하부 구조가 상부구조를 결정한다는 유물론적 세계관은 동물학적 관점에서 보면 당분간 계속 진리의 영역에 남아 있을 것으로 생각한다.

역사는 진보하는가, 아니면 반복하는가 하는 논쟁에서 나는 진보라는 말을 거의 인정하지 못한다. 과학이나 문명의 발전으로 많은 인간들이 야만적이고 동물적인 상태의 삶에서 벗어났지만 중세시대에나 있던 십자군 전쟁처럼 종교 간의 갈등과 전쟁, 민족 간의 갈등, 핵무기, 빈부격차, 환경오염, 자본주의 사회에서의 인간의 소외 등 새로운 소외 현상은 계속 일어나기 때문이다. 지금도 기독교 문명국가들과 이슬람교 문명국가 간에는 국지적인 전쟁이 일어나고 있다. 개인적인 인간의 삶을 들여다보면 전염병이나 영양실조로 40대 수명밖에 안 되던 과거에 비해 현재 과학과 문명의 발전으로 80세 이상까지 살게 되어 우리는 더 행복하게 되었을까? 세계상에서의 인간 위상은 높아졌을지 모르겠지만 개별 인간들의 행복은 크게 달라지지 않은 것 같다. 좀 더 좋은걸 많이 먹고, 많이 배설하고, 많이 여행하고, 신체적 쾌감을 더 오래 느끼며 산다는 것은 동물학적 의미로서는 진전을 이룬 것이겠지만. 역사가 진보하는 것은 나는 인정하기 어렵지만 우리가 선험적으로 인정할 수 있다고 생각하는 세계적 가치인 인간 사회 속에서의 평화,

사랑, 연대의 실현 그리고 우주를 생각하는 존재인 호모사피엔스로서 영원한 진리 탐구에 대한 희망의 등불은 계속 간직하고 가야 한다고 생각한다.

　전쟁이 나쁜 개념이고 평화가 좋은 개념이라는 것은 약자의 논리인가 선험적인 진리인가? 전쟁은 세계 속에 선 한 개인의 의지에 반하여 살인이 정당화하여 이루어지기에 전쟁을 반대하는 것은 약자의 방어 논리만은 아니다. 그러한 면에서 평화는 의미가 있다고 생각한다. 현재 우리가 살고 있는 주변에서 가장 큰 문제는 남북의 분단 사태일 것이다. 남북 대치로 인하여 더 많은 군대가 필요하고(물론 국가라는 제도가 존재하는 한 최소한의 군인내지 경찰은 필요하겠지만) 많은 젊은이가 군대에 가야 한다. 사실 군대라는 것이 우리의 생존과 방어 목적이겠지만 그러하기 위해서는 어떻게 하면 적을 잘 파괴하고, 잘 살상하는가 하는 방법을 배우기 위함임을 생각하면 군대를 최소한으로 줄이는 것이 우주적으로 아름다운 일이라고 생각한다. 따라서 민족주의 개념에서가 아니라 지구라는 동물의 왕국에서 야만성을 줄이는 우리 대한민국 국민으로서의 작은 첫걸음은 남북통일을 위한 노력이 아닐까 한다(절대 민족주의가 아니라).

　인터넷과 스마트폰, IT, IOT혁명으로 대표되는 삶의 변화는 과연 우리가 미래에 어떠한 삶을 살게 될까 두려운 마음이 있다. 아날로그 시절에 대한 향수만이 아니라 우리가 현재와 같은 속도로 IT혁명을 지속한다면 어떠한 미래가 펼쳐질까 두렵다. 우리가 생각하는 목적적 가치인 사랑, 연대, 진리추구에 대한 의식이 희미해지고, 빠름만을 추구하는 무한 경쟁주의가 더 심해지지 않을까 걱정이 된다. 살기는 더 편해지고 사람들은 고단한 노동에서 해방될 수는 있겠지만 4차 산업혁명사회에서 개인은 더 파편화되고 인간은 AI의 노예가 될 수도 있다. 우리 후손과 자녀 세대들의 현명성이 기대되는 부분이다.

우리가 4차원을 정복한다 하더라도 신은 다시 5차원으로 도망갈 것이다. 사람에게는 다양한 한계상황이 있고 그중 가장 큰 것은 죽음일 것이다. 십자군전쟁부터 시작하여 지금까지 지속되는 종교 간의 갈등으로 인한 전쟁, 최근 빗나간 종교관으로 인한 대량 인간 살상, 배타적 종교주의, 막연한 내세적 희망에 근거한 현실세계의 희생 등 종교의 많은 부작용이 있지만 개인적인 측면에서 종교는 도덕적 삶을 살게 강제하고, 나약한 인간의 삶에 자신만의 심장과 주먹만을 가지고 살기에는 연약한 우리 인간에게 실용적 관점에서 의미가 있다고 생각한다. 우리는 행복하려고 사는 것이지 사실관계를 알려고 사는 것은 아니지 않는가? 혹시 모르지만 죽어서라도 자연계 외에 어떠한 인격을 가진 신적인 존재를 만날지도 모르는 일이 아닌가에 대한 두려움과 희망은 모두 인간에게도 항상 있다.

마지막으로 인구감소와 출산율 감소에 대한 아젠다에 대하여 생각해본다. 과거 있었던 페스트 등 심각한 질환이나 전쟁에 의한 동물학적 의미에서의 인구감소가 아니라 많은 나라는 사람의 의지에 의한 출산율 감소로 인구감소가 일어나고 있다. 특히 한국의 출산율 저하는 심각한 수준이다. 아프리카 등 일부 산아 제한 조절이 안 되는 나라를 제외하면 출산율의 증가는 사실 사람의 동물학적 기본적 욕구와, 상위 단계 인간 욕구가 잘 실현되기 위한 사회에서 일어난다. 우리나라는 과도한 자본주의 경쟁 체제와 압축 경제 성장 상황에서의 과도한 경쟁, 빈부격차, 집값 상승이나 부의 불균형으로 인한 미래에 대한 불확실성으로 결혼을 해서 성욕을 충족하고, 종족번식을 실현하는 본능이 뇌의 이성으로 견제를 받기 시작했다고 생각한다. 나는 당분간 인구가 감소할 수 있다고 생각하고 그것이 나쁘다고만은 생각하지 않는다. 자연 상태에서 또 하나의 평형상태가 일어나는 과정일 수도 있다. 일정 정도 시기가 지나 인구가 상당히 감소하고 사람이 귀해질 정도로 감소하면 직업, 부의 분배, 복지 면에서 긍정적인 면이 생겨 출산율도 어느 정도 다시 회복되리라고 본다. '이기적 유전자' 라는 책에서 보면 자연의 동물들도 새끼들을 키우는 여건이 어려워지면 본능적으로 출산을 줄인다는 이야기가 나온다. 이것은 사람에게도 해당될 수 있다고 본다. 그러한 면에서 경제 성장률이 지속적으로 상승해야 사람과 사회가 행복하다는 경제 논리는 지구상의 엔트로피를 더 과도하게 상승하여 지구의 노화와 종말을 촉진한다고 생각하며, 어느 시점에서는 더 이상 경제 성장도 이루어 질 수 없을 것으로 생각한다. 여기에 대한 논쟁과 사회적 적절한 타협은 사회 구성원들 간의 협의가 있어야 한다.

덧붙여 학교에 다니는 두 자녀의 아빠로서 우리 교육에 대한 말을 하고 싶다. 우스갯소리로 우리나라에서 노벨상이 안 나오는 이유가 아직도 '수학의 정석' 시대에 머물러 있기 때문이라는 어느 강사의 강연을 들은 적이 있다. 수십 년간 우리 교육이 근본적 변화가 없이 학력고사, 본고사, 논술, 수능 등 점수에 의존하는 인지기능 평가에 매몰된 것이 한국의 가장 큰 문제라고 생각한다. 초등학교에서 시작한 선행학습이 고등학교 때까지 이어지고 그러한 선행학습을 한 학생만이 살아남는 현재까지의 교육 방법으로 어느 정도의 지적 습득 향상과 국가 산업발전은 이끌어 왔지만 근본적으로 학생들의 창조성이나 잠재 능력을 이끌어 낼 수는 없다고 생각한다.

프랑스에서는 대학 입학시험에 가장 중요한 테스트가 철학시험이라고 한다. 몸에 내재하여 있는 철학적 고민과 인생과 세계에 대한 고민은 학습과 과외로 될 수 없는 것이다. 그러한 방법으로 평가하여 대학 문호는 넓게 개방하고 대학 시절에 적성과 공부 성취도에 따라 졸업정원제를 만들어 학문에 뜻이 있는 학생들 위주로 졸업생들을 만들어내는 것이 좋겠다고 생각한다. 현재까지 이루어지고 있는 지적, 인지 능력 평가 위주의 방식이 감정적 능력, 공감 능력, 지혜에 대한 평가, 삶의 태도에 대한 평가로 바뀌지 않는 한 우리 아이들의 희생은 계속되고, 컨베이어 벨트 시스템에 올라타서 평생 생을 마감해야 하는 비극이 계속 나올 것이다.

나의 버킷 리스트

　나의 삶이 한 달, 1년, 5년, 10년, 30년 남았는가에 따라서 버킷리스트는 달라질 것 같다. 어쨌거나 이제는 50대 중반이니 나의 버킷 리스트를 정리하고 삶을 한 단계 정리하고 나아가야 할 나이이다. 그러한 버킷리스트를 실현하기 위한 첫 번째 과제로 나는 이 책을 쓰고 있다.

　책을 잘 쓰기 위해서는 다독, 다작, 다상량이 필요하다는 송나라 구양수 시인의 말은 아직도 유효한 것 같다. 내가 남들보다 책을 특별히 많이 읽었다고 생각은 하지 않지만 중간 정도의 독서량은 가졌다고 생각하고, 나름 인생과 세계에 대한 고민도 하는 만큼 첫 번째 책을 낼 자격은 있다고 생각한다. 나의 관심 분야인 영화, 천문학적 우주, 정치, 여행, 지리학에 관한 책도 지식과 경험을 쥐어짜면 쓸 수 있겠지만, 먼저 나의 그동안 삶의 궤적을 되돌아보고 생각을 한번 정리해

놓은 책을 쓰는 것이 의미가 있겠다 싶었다. 나중에는 시집도 꼭 한번 내어보고 싶다.

나의 다음 버킷 리스트는 스페인 산티아고 가는 길 걷기이다. 산티아고가 아니더라도 두 발로 한국을 종주하고 싶다. 지리산 종주길이라도. 예수님의 제자인 야고보가 복음을 전파하러 걸었던 산티아고 길을 걸으며 지나온 나의 궤적을 충실히 정리하고 예수님과 나 자신과의 대화에 한번 푹 빠져보고 싶다. 나 자신과 대화를 하다가 나중에는 두 다리가 아파서 아무 생각도 나지 않을 수도 있을 것이지만. 산티아고 길을 걸으면서 포르투갈 산 적포도주도 마셔보고 싶고, 유럽의 목가적 시골 풍경도 구경하고, 성서 읽기도 한번 완독하고 싶다. 사랑하는 아내와 가면 더욱 좋을 것 같다.

다음 버킷 리스트는 사랑하는 가족과의 장거리 여행이다. 코로나로 장기간 집에만 있다 보니 해외여행은 물론 국내여행에 대한 갈망도 많이 생겼다. 나는 나름대로는 가족들과 여행을 많이 했다고 생각하지만 내 다리와 심장이 허락하는 한 더 많은 세계여행, 구체적으로는 로키산맥 벤프 국립공원, 캐나다의 오로라 여행, 몰디브 같은 휴양지에서의 한 달 휴식여행, 일본 최고의 스시 요릿집에서 아내에게 최고의 스시를 맛보여줄 수 있는 여행, 카리브 해나 지중해에서 석양을 바라보며 럼주를 한잔하는 그런 여행을 하고 싶다. 여행하다가 만약 운이 좋아 천문대라도 만나는 행운이 있다면 천문대에서 밤하늘의 안드

로메다 성운도 꼭 한번 보고 싶다. 연로하신 어머니를 모시고는 가까운 근교라도 모시고 가서 코로나로 못했던 거창한 외식을 꼭 하고 싶고, 이제 인생의 황혼기에 선 양가 부모님들을 모시고 가까운 곳이라도 자주 여행을 가고 싶다.

다음으로는 나의 유전자를 가지고 있는 사랑스러운 자녀들에게 성인이 되었을 때 처음부터 경제적인 어려움을 겪지 않도록 조그만 경제적 자산을 물려주고 싶다. 내가 어릴 적 겪었던 경제적으로 어렵던 삶을 자식들이 겪게 하고 싶지는 않다. 자본주의의 척박한 환경에서 미래의 청년세대인 두 자녀가 물질적으로는 중산층 정도의 삶은 살게 하고 싶은 동물적 본능이 있다. 경제적 자산 외에도 인생 이야기, 우주 이야기, 의사로서 이야기, 삶과 아름다움에 대하여 내가 겪었던 이야기도 시간이 되는 대로 자주 들려주고 싶다.

다음으로는 TV 프로그램인 '나는 자연인이다' 에서 나오는 자연인처럼 다만 몇 달이라도 시골 오지에서 생활하는 경험내지 호사를 누려보고 싶다. 한 번도 도시를 떠나서 생활해 보지 않은 나의 인생에서 한 번쯤의 이탈은 충분히 용서되지 않을 것인가? 남자 나이 50대가 되면 한 번쯤은 꿈꾸는 생활이라 하는데 나라고 못해 볼 이유가 있겠는가? 적응이 어렵다면 제주도 한 달 살기라도 꼭 해보고 싶다.

그리고 나의 지인들과의 만남과 연락을 좀 더 많이 하고 싶다.

나는 여태까지 존재론적 지향의 삶을 많이 살아왔다. 관계론적 지향의 삶으로 한 발짝 정도는 더 이동하고 싶다. 헤어진 지 오래되어 지금은 찾기 어려운 옛날 어릴 적 친구들도 한 번은 주소를 수소문해서라도 만나보고 싶다. 코로나 때문이라도 더 소원해진 오래된 친구, 지인들과 만나 식사나 맥주도 좀 자주 하고, 스타벅스에서 맛있는 커피라도 한잔 하며 살아가느라고 수고했다는 말을 많이 해주고 싶다.

마지막으로는 종교적 삶에 대한 탐색을 좀 더 구체적으로 해보고 싶다. 국내 성지도 많이 돌아보고 성경도 제대로 통독을 해보면서 나 자신과 절대자와의 대화와 묵상, 기도의 시간을 제대로 가져보고 싶다.

바람의 기억

    나는 바람을 좋아한다. 비도 좋아하고 눈도 좋아한다. 자연계에서 벌어지는 여러 변화를 좋아한다. 날씨가 맑고 화창한 날 동네 산자락에 가서 풀잎 냄새를 맡고 시냇물 소리를 듣거나, 웅장한 산속에서 새소리를 들으면서 흙길을 걸으며 이름도 모르는 야생화나 오래된 나무들을 보는 것도 좋아한다. 수리산 태을봉에 올라 정상에서 부는 산들 바람을 온몸으로 맞으면 나는 자연과 하나가 된다.

    바람의 최고봉은 제주의 바람이다. 제주도 애월의 바다 바람, 한라산의 세찬 바람. 제주도를 갈 때마다 느끼는 것이지만 한번 가면 일 년 쓸 바람은 다 쐬고 오는 것 같다. 작년 겨울 제주도 한라산에 갔을 때, 눈 내리는 한라산의 바람이 엄청났던 기억이 난다. 까마귀의 까악까악 하는 소리와 바람 소리가 섞이고, 나뭇가지 흔들리는 소리와 어우러져 내 얼굴을 파고든 바람의 기억은 자연이 나에게 주는 잊을 수 없는 기억이었다.

서해 안면도 바람의 기억이 있다. 태풍이 오는 날 가족들과 안면도 바다로 놀러 간 적이 있었고 엄청난 바닷바람으로 해변에 서 있기가 힘들 정도였다. 해변 파도 소리와 어우러져 무엇인가 말하려는 듯한 스산한 태풍의 바람 소리는 자연의 울림이었다. 지리산 노고단에 올라갔을 때 땀을 식혀주던 상쾌한 바람, 초등학교 등굣길에 비바람으로 뒤로 젖혀진 파란 비닐우산의 추억, 중학교 수학여행 때 비 오는 설악산에서 불던 바람. 나는 당시 우비를 입고 까만 선글라스를 친구에게서 빌려 쓰고 폼을 잡으며 사진을 찍었던 기억이 난다.

내가 서른 즈음에는 '서른 즈음에'라는 김광석의 노래를 몰랐는데 오히려 50대에 들어와서야 '서른 즈음에' 라는 노래를 즐겨 듣게 되었다. 내가 젊었던 날, 나보다 20~30살 많은 어른을 보면 내가 저 지천명의 나이가 되면 인생의 진리를 웬만큼 다 터득하고 그 어떤 세파나 역경에도 흔들리지 않는 마음을 가지게 되고 행복하리라고 생각했는데, 현재 50대의 나는 아직도 바람에 흔들린다. 사람이 나이 먹는다고 저절로 지혜롭게 되거나 흔들리지 않는 것은 아니구나 하는 생각을 한다. 오히려 젊은 날의 패기는 사라지고 임기응변과 꼼수만 늘어가는 것은 아닌지 걱정이 된다. 영국 버나드쇼가 묘비에서 말했던 것처럼 '우물쭈물하다가 내가 이럴 줄 알았다' 라는 말을 나도 나중에 하게 되는 것은 아닐까하는 조바심이 요즘 생긴다. 뉴턴이 말했던 것처럼 나는 아직도 우주라는 거대한 심연 조그마한 해변가에서 조약돌을 줍는 소년에 머물러 있는 것 같은데.

　어릴 때부터 현재까지 나를 스쳐 지나간 잔상, 생각, 경험을 정리하고 50대 중반을 새로 살고 싶었다. 책 초반 과거의 잔상에서 나오는 어린 날의 기억은 기억이 정확하지 않거나 잘 나지 않는 부분도 있어 각색하였으며, 프라이버시를 위해 이름을 익명으로 처리한 점이 있다. 이제 남에게 보여주기 위한 삶, 획일화된 인생 컨베이어 벨트에서 탈선하여 나의 진짜 현재의 삶을 살고 싶었다. 이제 우물쭈물할 나이가 아니다. 우주라는 연출자에게 나름대로의 나의 답안지를 조금씩은 보여주어야 할 시간이 오고 있음을 느낀다. 동시대를 사는 모든 분에게 격려를 보낸다. 특히 코로나19 사태 이후 인간에게는 가장 잔인한 17개월의 시간을 보내고 있는 지구 상의 호모사피엔스 동료들, 특히 나의 가족, 친척, 친구, 직장동료, 오랫동안 연락하지 못했던 지인분들에게 힘을 내라고 격려하고 싶다. 나도 격려받고 싶다.

　나라고 특별한 경험이 있었던 것은 아니다. 평범한 50대 남자이며 나만이 아니라 모든 사람은 인생에 대하여 고민하고, 걱정하고, 결단하고 있기 때문이다. 나만이 심각한 표정을 가지고 살지는 않는다. 모두 각자에게 지워진 삶을 열심히 살아내고 있다.

　나를 스치고 지나갔던 인생의 기억, 바람의 기억 속에 과거를 반추

한다. 내 인생 바람의 기억들을 사랑한다. 오늘, 지금, 그리고 이 순간의 행복을 위해 세계 속의 나는 존재한다. 나는 글을 쓰는 이 순간 행복하다.

67년생, 바람의 기억

어느 의사의 레트로 감성 힐링 에세이

초판 1쇄 발행 | 2021년 7월 23일

지은이	김재복
펴낸이	안호헌
편집인	윌리스

펴낸곳	도서출판 흔들의자
	출판등록 　2011. 10. 14(제311-2011-52호)
	주소 　　　서울 강서구 가로공원로84길 77
	전화 　　　(02)387-2175
	팩스 　　　(02)387-2176
	이메일 　　rcpbooks@daum.net(원고 투고)
	블로그 　　http://blog.naver.com/rcpbooks

ISBN 979-11-86787-37-3 03800
ⓒ김재복